追放された公爵令嬢、ヴィルヘルミーナが幸せになるまで。

ただのぎょー　Illustration 結川カズノ

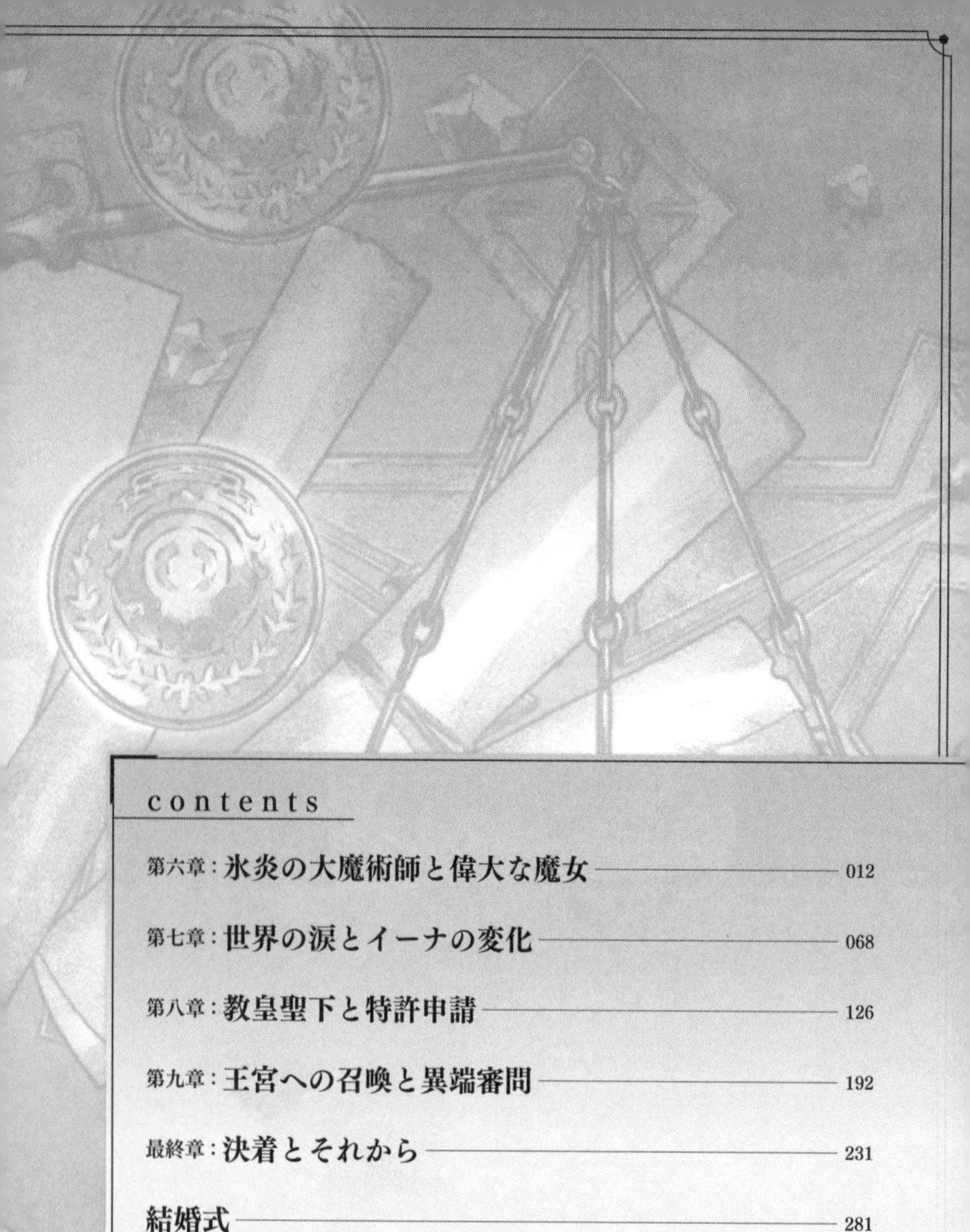

contents

Disowned Lady Villhelmiina
Will Be Happy Someday.

characters

アレクシ
(レクシー)

孤児院出身の平民。20代後半。研究にかけては非常に優秀だが、それ以外のことに関してはポンコツ。自己肯定感の低さが姿勢や髪型にも表れていたが、ミーナとの結婚を機に、劇的な変身を遂げているところ。

ヴィルヘルミーナ
(ミーナ)

公爵令嬢、かつ王太子の婚約者であったが、エリアスの策略により身分を剥奪され、平民であるアレクシと結婚させられる。10代後半。夫アレクシの研究に価値があることを見抜き、これを支え、A&V社まで設立してしまう手腕の持ち主。

イーナ

元男爵令嬢、今はヴィルヘルミーナの生家であるペリクネン公爵令嬢。天真爛漫さが魅力の少女であったが……

エリアス

王太子。ヴィルヘルミーナという婚約者がいたにもかかわらずイーナ嬢と懇意になり、ヴィルヘルミーナを失墜させる。見目は麗しいが浅慮な男。

オリヴェル

氷炎の大魔術師と呼ばれるほどの魔術師。研究者でもある。20代後半。その才能と美貌から、女性から引く手あまたのはずだが……

ユルレミ

ヴィルヘルミーナの弟。10代半ば。明晰で冷静な性格。姉のことを慕っている。

センニ

ヴィルヘルミーナがアレクシと婚姻後に雇われた雑役女中。10代半ば。元々ペリクネン家で一般女中の経験があり、ヴィルヘルミーナの噂は耳にしていた。

ヒルッカ

ペリクネン家にいたときからヴィルヘルミーナを担当している侍女。子爵家出身。ヴィルヘルミーナのよき理解者。

story

ヴィルヘルミーナは、未来の王妃になるべく幼い時より教育を施されて生きてきた筋金入りの公爵令嬢。
しかし男爵令嬢イーナを愛する王太子エリアスにとって煩わしい存在だったため、
策略に嵌められ身分剥奪の上、平民と結婚させられてしまう。
冴えない研究者アレクシ・ペルトラに、出会ったその日に平手打ちをする苛烈さをもつ一方、
夫を献身的に支える姿勢を見せるヴィルヘルミーナ。
平民の生活に慣れることすら難儀するはずが、
自分のことよりもアレクシを気に掛ける態度に次第にアレクシの心境にも変化が訪れる。
アレクシの研究の内容を把握し、価値を見出したヴィルヘルミーナは
画期的発明である「魔素結晶化装置」の発明を促進し、「A&V社」という会社を設立。
街中に無料の「簡易魔力鑑定所」を作り、「鑑定」と称して大量の魔石を収集することに成功する。
鑑定所は同時に大量の魔力保持者リストの作成まで兼ねており、その利益は莫大なものになっていく。
一方、ヴィルヘルミーナの実父であるペリクネン公は資金繰りのため、むしろ魔石の取引価格を吊り上げようと画策。
また、王家と姻戚を結ぶべくイーナ嬢を養女に迎える。
広い屋敷への引っ越しも叶い、清い関係のままのレクシーとミーナの関係性にも徐々に変化が現れていく中、
無料鑑定所に大物からのクレームが入る。
氷炎の大魔術師と呼ばれるオリヴェルと対峙すべく、急ぎ鑑定所へ向かうヴィルヘルミーナだが……

第六章：氷炎の大魔術師と偉大な魔女

王都北部の無料魔力鑑定所に鑑定結果が『正確で』納得いかないというクレームが入り、わたくし、ヴィルヘルミーナは急いでそちらへと向かっています。

本来ならばそのような意味不明のクレームにわたくし自ら向かう必要はないでしょう。しかし、事務所を任せていた職員でもありペルトラ家のメイドである者によれば、クレームを言ったのがオリヴェル・アールグレーン卿であるとのことなのです。

オリヴェル・アールグレーン、かつてアールグレーン侯爵家の神童と呼ばれていた人物。国立魔術学校を首席で卒業し、いずれ王宮魔術師長にとの呼び声も高き若き俊英でしたが、そのまま学校に残り研究者となった方と聞きます。

侯爵家の継嗣（けいし）ではなかったため、家を継いでいませんが、ご自身の魔術師としての能力と研究成果で子爵位を授爵なさっています。

今は御歳二十七のはず、わたくしよりは一世代上、レクシーと同世代でおそらく最も女性に人気のあった人物の一人でしょう。

その才と美貌ゆえに。

そして彼は、そう……。

応接室の扉を使用人が開けると、ぶわりと風がこちらに吹いた気がしました。中に張り詰めた魔力が溢れてきたのでしょう。

わたくしは淑女の礼(カーテシー)をとります。

「ご機嫌よう、〝氷炎の大魔術師(アークウイザード)〟アールグレーン卿。お会いできて光栄ですわ」

わたくしよりも魔力量のある数少ない人物の一人……！

「わたくしがこの簡易魔力鑑定所の責任者、Ａ＆Ｖ社のヴィルヘルミーナ・ペルトラと申します」

「ようやくきたか、この僕を随分と待たせてくれたものだ。知っての通り、僕がオリヴェル・アールグレーンだ」

顔を上げると、応接室の革張りのソファーに座り、長いおみ足を組んでいらっしゃいます。身に纏うは魔術学校所属の大魔術師を示す金の刺繍(ししゅう)入りのローブ。

長い銀髪を束ねた端整な顔立ちですが、特異なのはその瞳です。左目は海のような青い瞳ですが、右目に片眼鏡(モノクル)をかけていらっしゃいます。その片眼鏡の硝子の奥に覗くは燃えるような黄金。

……これが彼の名高き金の魔眼。

「さあ、説明してもらおうか」

え、ひょっとしてこの格好、この美貌で外の行列に並ばれていたのかしら？

平民たちに交じって？

「申し訳ございません。わたくしは普段、現場にはおりませんので。こちらの職員では対応できない問題があったとか」

若いな……。そう彼の唇が動いた気がします。

これは仕方ないところですね、責任者を待っていて、やってきたのが若くてしかも女とくれば不快に思われるのは当然でしょう。と言っても、わたくしが責任者なのは変わらないのですけど。

「当たり前だ、ここの職員は全て機密だとの一点張りで何も僕の質問に答えようとしない。あの魔力測定器とやらはいったいなんなのだ！」

「なんだと申されましても、我が社で開発した簡易魔力測定器でございますわ。何かご不満な点がございましたか？」

「あるに決まっているだろう！　この鑑定結果とやらを見ろ！」

「……では拝見いたします」

わたくしは彼の向かいのソファーに座り、机の上に置かれていたカードを手に取ります。

その表オリヴェル・アールグレーンの名前、裏には魔力量Ａ＋＋、雷属性と書かれていました。

「ちょっと失礼」

わたくしは席から離れ、この事務所の責任者を頼んでいた侍女の一人の下へ、扇で口元を隠しながら、小声でこっそり尋ねます。

「何カラットだったの？」

「５カラットです」

「ごっ……！」

わたくしは天を仰ぎます。

わたくしが初めて魔石を作ったミーナ初号機はまだ魔力変換効率が最適化されていなかった関係で、魔力を全力で放出して1.5カラットの魔石となりました。

それをレクシーが耐久性と変換効率を改良し続けた結果、最新型の十二号ならわたくしで3カラットから3.5カラットの魔石を作ることが可能です。

それをアールグレーン卿はいきなり5カラットを作りますか。

魔力量がわたくしより多いのに加えて、魔術師として魔力を練り慣れているというのもあるのでしょうけども……。

「削る前から素晴らしい石になると確信できる、イエローダイヤモンドもかくやという美しく明るい黄色でした」

明るい黄色、確かに雷属性の特徴ですわね。

「石は？」

「護衛の一人が魔力遮断の箱に入れ、抱えて震えています」

それは……急にそんな国宝の装飾品に使われそうなの渡されたら、そうもなるわよね。

「ありがとう」

わたくしは席に戻ります。放って置かれてイライラしているのか、アールグレーン卿の指がトントンとソファーの縁(へり)を不機嫌そうに叩いています。

「お待たせして申し訳ございません。今、こちらの鑑定結果を査定した理由についての話を聞き取り、当鑑定所で最高位のＡ＋＋を出し、雷属性と鑑定した理由に誤りはないと判断いたしました」

ばん、と彼の手がソファーを叩き、そして声を上げられました。

「僕は自分が雷属性持ちだとは秘匿（ひとく）しているんだぞ！」

……秘匿したいのになんで鑑定受けたんですかね。

確かにアールグレーン卿は〝氷炎の大魔術師〟と称されています。つまり属性だと火や水という鑑定結果でなければおかしいということでしょうか。

ふむ。本来の属性を隠したまま大魔術師に上り詰めるとは恐るべき才と努力であるだろうことはわかりますが……？

「しかし、本来の属性が雷であるというなら、鑑定してそれが出るのはおかしなことではないのでは？」

「いいや、おかしいに決まっている。僕は自分に偽装（カムフラージュ）の術式をかけているんだ」

……なるほど、つまり偽装しているにもかかわらずご自身の真の属性がつまびらかにされてしまったことに御立腹であると。

既存の鑑定の魔術ではその偽装の術式が破られたことはないのでしょうね。それこそ魔術学校や魔術塔、教会、王宮の鑑定でも。わたくしだって〝氷炎の大魔術師〟の真の属性が雷であるという噂は全く耳にしたことがありませんし。

それをこの『簡易魔力鑑定所』で見破られることになるとは思わなかったと。

「わたくしは魔術に詳しくはございませんが、その偽装の術式というものが当社の魔力測定器には効かなかった訳ですね。しかしそれは我々に責があるとは言えないのではないでしょうか？」

「それはそうだとも。僕の側の問題だ」

アールグレーン卿は頭を振ってため息をつきます。

「とはいえだよ。こういった秘密はもっと見栄えのする状況で明らかにされるべきではないか？　王国の、世界の危機！　立ち向かう偉大なる魔術師！　だがしかし敵も強大、彼は次第に追い詰められていく……。世界を絶望と諦念が覆うその時！　彼は優雅に微笑むのだよ。そう、彼には秘されたカがあったのだ。それを解放し、天より落ちる無数の雷が敵を焼く！　そして世界は守られ歓喜に包まれたのだ。……どうだ！」

「……大衆演劇ならスタンディングオベーション間違いなしですわね」

ええ、戯曲なら。彼は満足そうに頷きました。

「そうだろうそうだろう。それをこんな平民の多いところで属性は雷と言うだなんて……」

列に並んでいらしたなら鑑定結果を伝える様子は見ていたのではないでしょうか……。そもそも雷と露見するとは思っていなかったのでしょうけども。

「それは……、大変残念でございましたね」

うむ、と彼は頷かれました。

「しかし、過ぎたことは仕方ないとしてだね。なぜこの魔力鑑定では僕の属性が暴かれたのか、というのが問題なのだよ。ペルトロ嬢！」

「ペルトラです」

「ペルトラ嬢！」

嬢でもありませんけどね。ともあれ、仰ることは理解できます。きっと彼は特に魔術に関して、自らの知らないものがあることを許容できないのでしょう。

それはきっと研究者として重要な好奇心なのでしょう。

そのために平民に交じって並ぶことも厭わず、自らの属性が露呈する可能性をおしてまで。

……まあ後者に関しては過剰な自信ゆえかもしれませんが。

「鑑定を偽装する術式とは属性だけなのでしょうか？」

彼の瞳がきらりと輝きます。

「いい質問だね。今は鑑定で僕があのオリヴェル・アールグレーンとバレてしまっているから阻害はしていないさ。だがもちろん普段は魔力量を普通の魔術師程度に偽装しているし、認識を阻害する術式で僕の外見も気付かれづらくしているとも。この天才魔術師が街を歩いていたら騒ぎになってしまうからね！」

ああ、この格好のまま並んでいて騒ぎにはならなかったのはそういう理由なのですね。金の魔眼に片眼鏡の彼を列に並ばせていたのが王都の住人たちに認識されたわけではないと。

「つまり、魔力量も隠していらしたけど、それも明らかにされたのですね」

「そうだ。……そう、そもそも魔道具の魔力許容量（キャパシティ）もだ！」

「はぁ」

「なんで僕の魔力をあれだけ受けて壊れもしないんだ！」

……いや、壊す気だったのでしょうか。とはいえこの理由はミーナ号の構造を知っていれば明らかです。

「測定器が壊れない理由は、魔力を機構内に溜めるのではなく通過させているだけだからです。アールグレーン卿が急速に魔力を込めれば破壊されたでしょうが、魔力の量によって壊れるものではありませんわ」

魔力が結晶化して魔石となるのは、装置の中枢部分の外側ですからね。……ああ、なるほど。気付きましたわ。わたくしは言葉を続けます。

「卿には鑑定が偽装できなかった理由が想像つくのでは？」

彼はソファーに深く身を沈め、しばし黙考されました。そして大きく息をつき、おそらくはもう冷めていたであろう卓上の紅茶を飲み干しておっしゃいます。

「……鑑定術式は対象が生物または物品であり、それ故に僕の偽装にせよ阻害にせよ、僕の身体に対して術式を行使している。それに対してペルトラ嬢の用意した魔力測定器は僕の放出した魔力を鑑定しているということか」

「おそらくは」

なるほどなるほどと彼は頷きます。

「素晴らしいな」

「お褒めいただき光栄ですわ」

彼はやおら立ち上がると、わたくしに向けて右の手のひらを差し出しました。

「さあ、その素晴らしい技術を僕に開示したまえ！」

「え、やだ」

「なんだと？」

おっと、つい反射的に断ってしまいましたわ。最近、平民的に口調が乱れてしまっているのもよろしくありませんわ。

「身に余る光栄ではございますが、謹んでお断りさせて頂きます」

「なぜだね？　僕に認められたとなれば、それは君を、あるいは君たちの会社を大いに利するはずだが？」

不思議そうな顔をしてそう仰います。ここに悪意はなく、アールグレーン卿の仰ることは正しい。平民の研究や商いを王侯貴族や学校、教会といった組織が保護する、お墨付きを与えるわけですからね。王家御用達のようなものです。

ただしもちろんそれは、この測定器が魔石を生産するという内実を、真の価値を知らないからという意味ですけども。

彼は善意で、あるいは両者の益となると思って手を差し伸べられても、わたくしたちには困るのです。

「敢えて歯に衣着せず言えば、我らは名誉など求めておらず、また端金を拾う気もないのですわ」

彼の口角が上がります。

「ほう、僕の援助を端金と言うか」

「わたくしたちが求めるのはその遥か上ですから」

「面白い女だ。僕の援助を端金と言うとは、国が買えるほどの金を稼ごうとしているということだろう。無料の魔力鑑定でな」

わたくしはただ、笑みを浮かべることで応えます。

「僕個人ではなく、学校が購入するという形にしても良いのだぞ？」

……これは善意よりも圧力ですね。組織の力をちらつかせてきました。

わたくしはここの責任者である使用人の彼女から鑑定結果のリストを受け取ります。

「魔術学校には既に王都中の鑑定結果のリストを売却する方針で商談を開始していますわ」

結果は売っても良い、ただし機械は渡せない。そういうことです。

さて、オリヴェル・アールグレーンという稀代の魔術師と敵対するのは大いに問題です。それは彼個人の実力もそうですが、貴族として、大魔術師としての権力もそう。学校という組織の力もそうです。

ですがレクシーの大切な研究を上から奪われたり横から攫われるのは決して許されません。

味方とするにはどうでしょうか？

理想は彼をこちらに引き込むこと、しかし魔術学校を離れはしないでしょう。こちらでそれだけのメリットを提示できませんから。

しかしアールグレーン卿を手放すのはとても惜しい。

だって……だって5カラットもありますのよ！

「アールグレーン卿、あなたの目的は、この測定器をも騙す、属性を偽る術式の開発であるかと愚考いたします」

「まあ……そうだな」

「わたくしがこの技術を公開したり提供したりする。あるいは、この測定器の構造をお教えしたとしたら、それはアールグレーン卿に土をつけたままということになりますが宜しいのでしょうか？」

　ぶわりと正面から風が吹き付けたような圧、静電気がぱちぱちと床を、肌の表面を走りました。

「この僕を愚弄するかっ！」

　彼の魔眼が金の光を放ちます。わたくしは自らの魔力を高めました。魔術は使えないわたくしですが、魔力を身に満たせばある程度威圧には対抗できます。

「いいえ、ただの忠告と確認ですわ。いかがでしょう」

「……駄目だ、技術の公開は許さない」

　歯軋りの音が聞こえるようです。

「ご無礼の代わりという訳ではありませんが、わたくしから、アールグレーン卿にお手伝いできることが一つあります」

　彼は頷き、先を促します。

「週に一度、この事務所の応接室にてわたくしがお越しをお待ちしましょう。アールグレーン卿はここで魔力鑑定を試すことが可能です。列に並ぶ必要もございませんし、何か質問があればお答えもいたしましょう。わたくしに答えられることであれば、ですが。いかがです？」

「いいだろう、その挑戦を受けようではないか！　首を洗って待っているがいい！」

そう言って彼は立ち上がり、踵（きびす）を返します。ローブがひるがえり、葡萄酒色（バーガンディ）の裏打ちが覗き、背中に施された魔術学校の大魔術師であることを示す、光輝の中にペンと杖の交差する紋章が向けられました。

わたくしは慌てて立ち上がり、その背に向けて淑女の礼をとります。

「アールグレーン卿をこの事務所にお迎えできたこと、光栄に存じますわ。卿の挑戦を心よりお待ちしております。ご機嫌よう」

彼は足を止めてちらとこちらに視線をやりました。黄金の魔眼は刺すようにこちらを睨んでいますが、口角が僅かに上がっています。しかし言葉を返すことなく事務所を後にしました。

……………ふう。

彼が部屋を出てから、誰もが息を殺し物音を立てず、紅茶を蒸らすほどの時間が過ぎて、ようやくため息が出ました。

わたくしははしたなくも、どさりとソファーに腰を下ろしました。壁際に控えていた侍女も護衛も崩れ落ちるように座り込んだり、胸を撫で下ろしています。

息を吹き返しどよめく部屋の中、護衛の一人が言います。

「ヴィルヘルミーナ様、勘弁してください、死んだかと思いましたよ」

隣の侍女が肘で彼を小突きました。

「護衛のあなたが前に出ないでどうするって言うのよ」

「いや、そうなんだけどな。……申し訳ありません、奥様。脚が、身体が動きませんでした」

護衛たちが並び、わたくしに頭を下げます。

まあ、あれは単純な殺気という訳ではなく、魔力的威圧ですからね。わたくしのように保有魔力が多い方が耐えやすかったというだけでしょう。

「今回は不問といたします。ですが次は動けるようになさい」

「はっ、ご温情に感謝いたします！」

本音では次がないことを祈りますと言いたいところですけど。

「まあ、何はともあれ」

わたくしはすっかりぬるくなってしまった紅茶を飲み干します。

緊張で渇いていた口中に潤いが戻りました。

「週に一度、5カラットの魔石が入手できることになったわよ」


ミーナが三番事務所でトラブルがあったと、茶会を中座して急に出かけた日。

俺も出かける準備だけはさせられていたが、結局のところ彼女一人で対応できたようだ。しばらくして彼女の馬車が戻ってきた。

「結局、今日のトラブルはなんだったんだ?」

その日の夜、ミーナに尋ねる。彼女は〝氷炎の大魔術師〟、オリヴェル・アールグレーン卿がやってきたという話をし、とりあえずの対処はできたと言う。

そして彼女は一つの箱を手渡してきた。

「これが彼の作った魔石ですわ」

「……凄まじいな」

オリヴェル・アールグレーンと言えば若き大魔術師として、新聞の紙面を賑わすような男だ。流石というか何というか……。

箱の中には彼の作り出した5カラットあるという鮮やかな黄色の魔石。それを前に話を続ける。

そんな中、彼女はふと呟いた。

「そういえばわたくし、彼に令嬢と間違えられてしまいましたわ」

びくり、と肩が震える。

「そ、そうか」

話を終え、今日は彼女が入浴するとのことで先に席を立った。侍女のヒルッカさんも後を追って部屋を出る。

俺は椅子の背もたれに背を預け、ため息をついた。

なんとなく、壁際に控える女性使用人の視線が痛い気がする。

ここの使用人たちは女性比率が高い。そして少ない男性使用人は護衛や御者など屋敷の外にいることも多いため、なおのこと家の中は女性が多い。元々、貴族の令嬢であったミーナに仕えていた者たちだから仕方ないのだが。

俺は彼女たちに声を掛けられず、数少ない男性である家令（スチュワード）のタルヴォさんに声をかけた。

「タルヴォさん」

「旦那様、私のことはタルヴォと」

「ああ、……タルヴォ。彼女に既婚者である証が必要だろうか」

女性使用人からの圧が強くなった。

タルヴォは視線を部屋に投げかけ、咳払いを一つ。使用人たちが視線を僅（わず）かに逸らした。

「これは難しい問題ですな。我が国や近隣諸国における貴族間では婚約の際に男性から女性へ宝石の付いた指輪を贈ることが、結婚に際しては互いに石のない、日常使いの指輪を贈り合うのが一般的です。ただ、貴族社会に出入りしないような平民の方々の間にこの習慣は広まっていないでしょう」

「そうか」

つまりタルヴォは、今まではともかく貴族社会に出入りするようになったミーナが、将来的には俺もかもしれないが、指輪をしていないのがおかしいと言っている訳だ。

それ故にミーナがアールグレーン卿に未婚と間違えられたと。

「旦那様と奥様の場合は特殊ですからな。そもそもお二人は婚約をされていた訳でもなく、突然のご結婚で式も挙げておられません」

俺は手を前に出して言葉を止める。

「皆まで言わなくていい」

「は、差し出がましい口を失礼いたしました」

タルヴォが頭を垂れる。

忘れていた。というか、考える余裕がなかった。

騙し討ちのような結婚で、勲章を貰うと共に妻ができ、何も準備されてない転居を余儀なくされた。

互いを愛するどころか名前も知らないところから始まり、それでも彼女は献身的に俺を支えてくれた。

俺が彼女の献身に報いていないとは思わない。ミーナ号と名付けた高濃度魔素結晶化装置は俺たちに富をもたらし、彼女のかつての使用人たちも呼び戻してやれた。

「…………だが花一つ贈ってやしない」

思わず拳を握り締めて呟く。

平民たちであっても貴族ほどの豪華なものではないかもしれないが、婚約の際に腕輪くらいは贈る。当然のことじゃないか。

「結婚の証となる指輪は互いに贈り合う習慣ということだから、ヴィルヘルミーナと相談して決め

「はい、それが良うございましょう」

タルヴァは満足そうに言った。

「その上で、……いや、その前に彼女に贈り物をしたい。婚約の指輪に相当するものを」

壁際できゃあと女性たちの歓声が上がる。

「奥様も喜ばれましょうな」

「旦那様っ！」

メイドの一人が手を胸の前で組んで、きらきらとした瞳で俺を呼ぶ。

「なんだろうか?」

「奥様には秘密にしておきますねっ！」

……サプライズにしろと言うことか。

「ありがとう。ついでに聞きたいが、どんな名目で渡せば良いだろうか？　婚約指輪じゃないからな」

「……奥様のお誕生日ではいかがでしょうか。来月の七日でございます！」

俺は天を仰いだ。

季節は秋。ミーナと結婚した春の勲章授与の日から、既に半年と少しの月日が経っている。

俺は人生で初めて神に深く感謝した。この半年の間に彼女の誕生日が過ぎていなかったことを。

段々と秋が深まっていきます。日は短く、朝晩が冷えるようになり、庭の木の葉が色褪せ始めた頃。

社交シーズンは終わりを迎え、多くの貴族が領地のカントリーハウスへと戻っていきます。

マデトヤ……いやイーナ・ペリクネン嬢もまたペリクネンの義家族と共に公爵家の有するカントリーハウスの一つに向かったとか。

意外……ですわね。エリアス殿下が彼女を自分の側から離すとも思っていませんでしたし、彼女自身も王宮内での学習はまだまだだと思うのですが。

使用人たちの情報によれば礼節の女家庭教師が何人もペリクネン公領へ同道していたとのことで、そちらでも王太子妃となるための教育は行われるのでしょうけど。

「準備はできたかい？」

ある日、レクシーがたまには仕事も研究も休みにして出かけようと告げてきました。

その日付はわたくしの誕生日。

「ええ、お待たせいたしました」

今日のレクシーはシルクハットに飴色のロングコート。左脇にステッキを挟み、どこから見ても素敵な紳士といった装い。

「旦那様、奥様。いってらっしゃいませ」

「いってらっしゃいませ」

使用人たちが総出で家を出るわたくしたちを見送ります。一糸乱れぬ動きですが、どことなく笑みを隠して表情に出さないようにしている雰囲気を感じます。

そもそも、普段だったらわざわざ全員で見送るなんてしませんもの。

「手を」

わたくしは彼の右手に左手を重ね、馬車へと乗り込みます。

鞭の音が一つ、カラカラと車輪が回り始めました。

「今日はどうしたのかしら」

「君に、おめでとうと言いたくて。誕生日、おめでとう」

「まあ。わたくしお祝いのためにお出かけに連れて行ってもらうなんて初めてですわ」

「そう……なのか？」

幼い頃は自宅で両親が誕生日を祝ってくれましたが、母が亡くなり、後妻たちが来てからは誕生日など祝われたことはありません。連れ子のマルヤーナの誕生日は祝っていたくせに。

エリアス殿下からも婚約してすぐの頃は自筆のメッセージカードと贈り物をいただきましたけど、カードが従者の代筆になり、ついには祝いの言葉一つくださらなくなったのでした。

「ミーナとは幾度も一緒に出かけたが……」

つい、とレクシーは窓の外に目を逸らします。

「こうして、で、デートに誘うのは初めてだ」

なるほど、確かに王都中央銀行に行ったり、服を買いに行ったりして、その時に散策などはしていますが、あくまでも仕事の目的あってのお出かけですからね。

言われてみれば遊びに行く、という目的で出かけたことはなかったかもしれません。

「まあ、では初デートに誘ってくださいましたのね」

彼の目元が赤く染まります。

こうして二人で街歩きを楽しみました。秋の花咲く公園の散歩道、露店で買ったランチをベンチで並んで食べ、ウィンドウショッピングをしてはちょっとした小物を買ったり、使用人たちへのお土産を買ったり……。

そうして馬車に戻ってはディナーの店へ移動します。

ドレスコードのある、貴族も行くような格調高いレストラン。元王宮料理人がチーフシェフをしているというお店。

その個室を取ってくれたようでした。

「誕生日おめでとう」

そう言って乾杯のグラスを掲げます。

「ありがとう」

食事はコース料理。フルコースより少し品数を減らしているのは晩餐会ではなくレストランですからね。

レクシーとはこの半年の思い出などを語りながら食事を楽しみ、それを終えてから彼が噛み締めるように言います。

「ミーナ、あなたにプレゼントがあるんだが、受け取ってくれるだろうか」

「誕生日プレゼントかしら。もちろんよ」

彼は席を立つと、わたくしの横に立ち、ポケットから小箱を取り出して跪(ひざまず)きました。

「これをヴィルヘルミーナ、貴女に」

そう言って彼が開けた小箱から虹色の光が漏れます。それは指輪でした。

わたくしは息を呑みます。

その光はプレシャス・オパール。オパールという宝石はその輝き方によって価値が大きく変わる石ですが、これはその中でも最上の輝き。

滑らかなカボション・カットに研磨された透明な石はまるで中に炎を閉じ込めたかのように揺らめき、その表面は部屋の照明が反射して虹色に煌めきます。

オパールの周りには小さな水晶……いや、魔石ですわね。それがリングの上に散りばめられています。

「婚約も結婚式も誓いの言葉もなく、共に過ごすことになった俺たちだから、今更かもしれないけど伝えたかったんだ」

「ええ……」

左手を差し出します。

レクシーはその手をそっと優しい手つきで下から持ち上げ、薬指に指輪を通しました。

わたくしの手の甲で炎が踊ります。

「素敵……」

声が揺れて掠れました。

「ファイア・オパールです」

「わたくしの、誕生石ですわね」

「ええ、その周りの石は魔石です。……俺の」

レクシーの魔石！　無属性であろう小さく透明な石がわたくしの誕生石であるオパールを取り囲んでいると言うことは、レクシーの愛に包まれている。そういう意味合いと捉えて良いのでしょうか。

「小さい魔石なので大した効果は無いんですが、保存(プリザベーション)の術式を掛けてもらいました。……あ、愛のほにょおが消えぬように」

ふふ。

彼は頭を掻いて顔を押さえます。

「あー、最後に噛んだ……練習したのに」

わたくしは彼の手を握ってねだります。

「アレクシ、……ぜひ貴方の言葉で」

「……ヴィルヘルミーナ、ずっとあなたを愛します」

「わたくしもです」

わたくしは椅子から立ち上がると、彼に抱きつきました。


「んふふふふ」

わたくしの左薬指の根元で炎を閉じ込めたような、赤く揺らめく光が輝きます。

「えへへへへ」

手の角度を変えると、その炎を取り囲むような小さな星々が煌めきます。ブリリアント・カットされた無属性の魔石です。

「奥様、またですか」

ヒルッカが呆れたように声を掛けてきます。

「だってー」

「はいはい、素敵でございますからお仕事をなさってくださいね。随分と休憩が長うございますよ」

わたくしはソファーに身を投げ出します。

「ああっ、ヒルッカが冷たいわ！」

「あれから何日経っていると思っているのですか」

わたくしの誕生日にレクシーから指輪をいただき、それから数日は侍女やメイドたちが「素敵、素敵」とちやほやしてくれたのですが、段々と対応がおざなりになってくるのを感じます。

「もうっ！　仕事はちゃんとしているわよ！」

「ええ、そちらは本当に有能でいらっしゃる」

ちなみに先日、アールグレーン卿とお会いした時にこの指輪をして行ったら、「既婚者だった、だと……」と何やら衝撃を受けた様子でふらふらと帰って行ってしまわれました。

「あのヴィルヘルミーナお嬢様がこんなにちょろくおなり遊ばされるとは、我々使用人一同も慮外でしたが、幸せそうなのは何よりでございます」

彼女はそう言いながらも優しい笑顔で、わたくしが休憩に飲んでいた紅茶のティーセットを下げさせます。

「ちょろくなんてありませんー」

そこに別の使用人が銀盆に未開封の封書を載せて持ってきました。不安げな表情を浮かべながら。

「あの……奥様……また」

見なくても分かります、これで三通目ですからね。前回の二通の内容は同じ、エリアス王太子殿下からの登城の命令でした。

最近は王家の使者が来ようがわたくしとレクシーが出迎えることもせずに、家令のタルヴォに対応を任せていました。すると手紙で登城の命令が来るようになったのです。

わたくしは銀盆に共に載せられていたペーパーナイフで封を切り、手紙を取り出すと文面を流し読みします。

「そろそろ呼び出しに応じてお城へ行ってこようかしら」

「そうね。とは言え、殿下も権力に飽かしてわたくしを拘束しようと当家に兵を派遣してきてはいない。その分くらいは譲歩してあげてもいいわ」

「危険では？」

ずっと放置していればそれこそ不敬罪で牢に入れられるかもしれませんしね。

こうしてわたくしは一人王城の前に立ちます。

かつて何度も足を運んだ場所ですが、今となってはここより先は全て敵。そのつもりで参ります。

通されたのは謁見の間ではなく王太子殿下のための居城でした。

応接室に通されてしばし待ちます。

茶と菓子が供されましたが、それに口をつけることはありません。ただ、茶が冷めるのを待つのみです。

侍従が何も言わず冷めた茶を下げ、新しく淹れられたそれも再び冷えた頃、殿下の訪いが告げられました。

「エリアス・シピ・パトリカイネン王太子の御成である！」

わたくしは立ち上がると、開かれた扉の方を向き、ドレスの裾を翻して跪きます。淑女の礼ではなく床に両膝を突き、両の手を胸に当てて頭を垂れます。

「なっ」

侍従の声が聞こえましたがわたくしはこの姿勢で動きません。

衣擦れの音と鎧の擦れる音が聞こえてきます。近衛を伴ったエリアス殿下でしょう。彼は部屋の入り口の辺りで蹈鞴を踏むように躊躇した気配がします。

わたくしが一口も茶を喫しなかったという報告は向こうにいっているでしょう。ティーセットを持ち、飲むふりすら致しませんでした。

これは明確な不信と拒絶の表現。

そして今のわたくしの礼は、平民が王族と会う時の正式な作法です。わたくしの立場を明確にしたものです。

「……久しいな、ヴィルヘルミーナ」

頭上より声が掛けられました。

わたくしはそれには答えを返しません。それもまた作法ゆえに。

これは園遊会の時のように『気さくに』話してなどさしあげないという意図を示したものです。

頭上でひそひそと言葉が交わされ、侍従が声を上げます。

「王国の暁たるエリアス・シピ・パトリカイネン殿下は汝に直答を許可すると仰せである。面を上げよ」

わたくしは後退しつつ目を伏せて立ち上がります。

「重ねて告げる、面を上げよ」

ここで初めて目を上げます。

久しぶりに目にする、王太子殿下の美しき顔。ですがその美しさはわたくしの心をいっさい揺らさない。

「久しいな、ヴィルヘルミーナ」

再び彼はそう告げて改めて挨拶とします。ですがわたくしはそれには返しません。

「ヴィルヘルミーナではございません。ペルトラ夫人とお呼びください」

殿下の眉がぴくりと動きます。わたくしは重ねて言葉を続けました。

「わたくしをヴィルヘルミーナと呼んで良い方は、この場にはいらっしゃいませんわ」

わたくしは左手の指輪を撫でて見せます。ペルトラ夫人であるとの証を。

「いや、あえてヴィルヘルミーナと呼ぼう。息災のようだ」

わたくしは閉じた扇をとんとんと左の頬に当て、不快と否定の意味の仕草を示しながら冷めた声を発します。

「殿下のご威光のお陰ですわ」

殿下の口元がひくりと動きました。明らかな皮肉ですからね。

「今日呼んだのは他でもない。ヴィルヘルミーナ、お前を余の公妾(こうしょう)とする」

「お断りいたします」

即答したわたくしに、エリアス殿下は一瞬目を閉じ、諦念のようなものを浮かべました。前置きもなくいきなり本題に入ったのは、断られると分かっているからでもあるでしょう。

ですが周囲の近衛は剣に手を掛けます。

殿下はそれを動かぬように仕草で伝え、とどめました。

「断れるとでも？」

「そもそも不可能な命を出されても困ります。未婚の王子が公妾を持てるとでもお思いなのでしょうか？　王家の婚姻に関する新法ができたというのなら、その王命か貴族院の承認の文書でもお見せ願えますか？」

侍従より咳払い一つ。

「無論、今すぐにという訳ではない。エリアス王太子殿下が即位した暁には正式に公妾の地位を与えるという約束で、貴女を召し上げようとなさっているのだ」

「つまり愛人になれと？」

「いや……」

わたくしは侍従が言葉を放とうとするのを遮りました。

「貴方に尋ねてなどいません、今は直答を許されているのです。殿下、ご回答を」

わたくしはそう言い放ち、首をゆるく傾げて答えを待ちます。まあこんなことであろうとは思っていましたのよ。

ああ、なぜこうして秋も深まった今になってこういった呼び出しをするようになったのか分かりましたわ。イーナ嬢にこの話を聞かせないため、ペリクネン公爵に介入されないためですわね。

社交シーズンが終わり、彼らがペリクネン公領へ戻るのを待っていたのでしょう。

「……そうだ、お前を愛人として迎える」

わたくしは手の甲を口元に当てて高らかに笑います。

「互いに愛の欠片も無いのに愛人とは笑わせますわね。そして仕事の補佐でもさせる？　冗談がお上手ですこと」

つまり、平民であり女性であり既婚者であるわたくしを継続的に城に滞在させる手段がそれしか無いのですわよね。王妃や側室にはできませんし、一代貴族の位も与えられませんし、役人や上級使用人にも雇えない。

性愛による関係であり、子に王位継承権が与えられない公妾、愛人のみが可能であると。

そしてわたくしに声をかけざるを得ないということは、殿下が官僚・役人たちから見捨てられかけていることを示しています。別にわたくしが不在でも、優秀で忠実な側近を揃えれば問題ありませんのに。

「……それは余への不敬と分かっての言葉か」

「まさか殿下、わたくしに敬われていると思っていらっしゃるの?」

近衛が抜剣し、侍従が叫びます。

「王族への不敬罪は死に値するぞ!」

わたくしは左の拳を握りました。愛はここにある。死など恐れない。

「わたくしを殺しても構いませんが、それは殿下の破滅に繋がるとご理解されていらっしゃいますか?」

「世迷言を! 平民の貴様一人殺したところで何の問題があろうか!」

侍従の声には応えず、わたくしは殿下の碧眼をじっと見つめます。

わたくしは扇をパチリ、パチリと骨ひとつ分広げては閉じて幾度か音を立てますが、殿下は押し黙ったまま。

殿下はわたくしを生かしたことを美談とすることで民草からの人気を得ていらっしゃる。王としての能力に欠けていると見えるエリアス殿下ですが、陛下が廃太子なさらないのはそれがあるから。わたくしを殺し、それが露見すれば、殿下は破滅するのです。

……そう、これをお伝えしておきましょうか。

「ちなみに今日わたくしが登城するということは、お付き合いのある十四の貴族家に手紙を出してお伝えしていますし、銀行や商家、それと新聞社などにも連絡はしてありますの」

「何という真似を……！」

わたくしは首を傾げます。

「何か問題でも？　ただの事実ですわ」

ただし、帰らなければどういった反応・記事になるかはわからない。ただそれだけですもの。

正面よりため息が聞こえました。

「……剣を納めよ」

殿下の声に剣が鞘とこすれる金属の音が響きます。

「ヴィルヘルミーナ、こちらからの非礼は詫びよう。そしてこういった形でしかお前を呼び戻せないことを理解してほしい」

わたくしは詫びを受け入れるとも受け入れないとも答えず、続きの言葉を待ちます。

「だがその上で頼みたい。余の仕事を手伝い、イーナの補佐をしてくれまいか。余らを支えられるのはお前しか考えられぬ」

わたくしはふん、と鼻で笑います。

「それがエリアス殿下にしては最大限下手に出てのお願い(プリーズ)だということは理解いたしますわ。ですが否。断じて否ですわ」

「……なぜだ」

「こぼれたミルクを嘆いても無益。子供でも知っている言い回しでしょう。殿下のお願いがわたくしの名誉回復のために、どれだけの価値があるのかしら」

殿下はわたくしの名誉を回復させることができない。それは殿下がわたくしの名誉を貶(おとし)めることで、イーナ嬢との恋愛に正当性をもたらしたから。わたくしの名誉が回復すればそちらの正当性がなくなってしまうもの。

つまり詰んでいるのです。

「ヴィルヘルミーナよ。余とお前の間に愛はなかった。……それでもお前は献身的に余を支えてくれていた。それを期待する訳にはいくまいか」

わたくしはエリアス王太子と婚約していた頃、愛がないことは気にしていませんでした。

愛など、政略のために不要。愛などは結ばれた後にゆっくりと育めば良い。王侯貴族の結婚観は建前としてはそうであり、もちろん実際には妾(めかけ)を、燕(つばめ)を囲うことも多いのですが。

ともあれ、それでもわたくしは王家に従う貴族として誠実な婚約者であったつもりです。誠実を裏切ったのは彼の方。

そう言うつもりで想定していましたが、わたくしの口からはするりと別の言葉が放たれました。

「それは……わたくしが愛を知らなかったからですわ」

わたくしは右手で左手の甲を撫でます。

ああ、そうです。わたくしは言葉を続けます。

「わたくしは愛を知ったのです。我が献身はアレクシ、彼が為にのみあります」

「余は……余はどうすれば……」

その言葉に衝撃を受けられたのか、殿下は顔を白くさせ、言葉にならない呟きが漏れます。

その気持ちはわからないではないですわ。よもや公爵令嬢が平民を愛するとは思わなかったのでしょう。でも、そもそも殿下こそ男爵令嬢であったイーナ・マデトヤを愛したというのに。

わたくしは再び跪き、頭を垂れました。

「エリアス殿下が過去を見つめ直し、今を大切に、未来を熟慮されますよう。その上でもう一つ。

これが愛することを、愛する人を教えてくれた彼へ贈る唯一にして最後の言葉となるでしょう。

貴方の最大の幸せとは、心の内側か既に手の届く範囲にあるものです」

この場を離れればわたくしは道を違えた者に戻りますから。


わたくしは城を出て、城外のすぐそばにある公園へと馬車を向かわせます。

当家の使用人たちの姿が見えました。ええ、こちらで待機してくれていたので。

「ミーナ！」

レクシーの声が聞こえます。わたくしは馬車の窓から手を振りました。

帯剣した護衛を連れたミルカ様ら貴族の友人たち、クレメッティ氏はいませんが彼のところで見かけたことのある護衛、話を持って行った新聞記者などもいます。

「レクシー！　みなさん……！」

わたくしはレクシーに手を引かれ、馬車から降りて彼らに頭を下げます。

「お集まりいただきありがとう存じますわ。こうして無事に帰ってくることができました」

ミルカ様がわたくしの手を取ります。

「ご無事で何よりです！」

新聞記者の方がペンを持ってこちらを見ているので、ウィンクを送ります。

「殿下に妾になるように言われましたが、断ってきましたのよ」

「そいつは……ウチだと記事にできないですかね」

ふふ、王家に睨まれてしまいますものね。

「ガセばかり書いてる大衆向けの三面記事に回させてもらいますぜ」

「お気の召すままになさって」

そんなことを話したり、せっかくなのでとお外で食事などしてから家へと戻ります。

家に待機していた使用人たちにも温かく出迎えられ、居間のソファーに身を投げ出します。

「はー、疲れましたわ」

お行儀悪く背もたれに頭を乗せてずるずると沈み込むような姿勢を取っても、今日ばかりは誰も文句を言いません。

「お疲れ様、改めて無事で本当に良かった」

　レクシーが隣に座って言います。

「そうそう、これを使わずにすんで何よりですわ」

　わたくしは首飾り（ネックレス）を外しました。

　金鎖の首飾り。鎖部分は細くてシンプル。しかし服の下に隠していた首飾りのトップは異様な形状のものです。

　それは五芒星（ペンタグラム）。その中央にわたくしの作った魔石、その星の頂点にアールグレーン卿の5カラットの雷属性魔石を五つ配置した、装飾品としては品のない無骨な首飾りです。

「持っていくなと言ったのに」

　レクシーは不満そうです。

　この首飾りは簡易の五連装魔石爆弾です。わたくしの意志に従って中央の魔石から五つの魔石に魔力が流入する、それだけの構造ですが、異なる属性の魔力が反発しながら臨界を迎えるために破裂します。

　魔石関連で良くある事故を意図的に起こすようなものですが、この場合漏出するのがアールグレーン卿五人分の膨大な雷属性魔力ですからね。

　純粋な破壊力だけで王城の殿下の居城くらいは優に破壊し尽くせる筈です。

「守刀（まもりがたな）は淑女の嗜みですもの」

わたくしはそう嘯(うそぶ)きました。

嫁入り道具には精緻な細工の施された短剣を持つというのは古き習慣ですけども、今でも武門の家ではそれが残ると言います。

それはいざという時の護身のためのものであり、その身が辱められんとした際に、自らの喉を突くためのものでもあります。

「淑女の懐剣にしては威力が高すぎないかね」

レクシーはわたくしの手から首飾りを奪い取ると、技師らしい滑らかな手つきで魔石を外していきました。

それを下から見上げるように眺めていましたが、ふふ、と思わず笑みが漏れます。

自害のついでに一泡吹かせられるならそれもまた。そう思って作ってもらいましたが……。

「一緒にいられる方がずっと良いですわ」

「そうだな」

レクシーは作業を終えると、わたくしの手を握ってくださいました。

何も言わずに、震えが止まるまで。

秋は深まり、街路樹の葉は完全に色褪せ、昼は短く、夜は長く。朝には庭に霜が降りるような日もあるほど、王都も寒くなっていきます。

屋敷の中央にある暖炉には薪が入れられました。

わたくしがその火を見ていると、ふと声が掛けられます。

「良かったですね、奥様」

「センニ……どうしたの？」

そこにいたのはセンニでした。彼女はペリクネン家で直接わたくしに仕えていた訳ではありませんでしたが、平民となったわたくしとレクシーの雑役女中（オールワークスメイド）として支えてくれていたのです。

彼女は屈託ない笑みを見せました。

「お家に暖炉があって」

それを聞いていた他の使用人たちは首を傾げましたが、わたくしは頷きます。

ああ、そうでした。

あの婚約破棄の直後、レクシーと結婚してすぐに放り込まれた家には暖炉がなくて、冬はどうするのか。そんな話をしていましたわね。

狭い、レクシーとわたくしとセンニの三人が住むのが限界の狭い家、何もかもが小さく不足していたあの家が思い出されます。

「そうね、暖炉があるのは良いわね。あの家はあの家で楽しかったけど」

「あたしもですよ、奥様」

わたくしはふと詩を口ずさみます。

「むかし酒場があっただろう。二人で酒杯を掲げていたところさ」

思い出を歌う平民たちの間での流行の歌です。センニがその続きを歌いました。

「思い出すのは若きあの頃、将来大きなことでもしてやろうと笑い合う」

ふふ、こうして浮かぶのが歌劇や古典ではなくなってきているの。

「そんな日々だった、友よ。若さに終わりなんてないと思い、一日中踊り明かした」

センニがぎゅっとわたくしに抱きつきました。

「奥様は、旦那様は。歌とは違って大きなことを成し遂げています。それに思い出に生きるにはまだ若過ぎます」

わたくしも彼女の身体に手を回します。

その夜のことでした。レクシーが魔素集積装置、つまり大気中の魔素(マナ)を集める機構の開発に成功したのは。

最近、研究が佳境であるとレクシーが遅くまで屋敷の研究室に籠っていたり、あるいは共寝した後もそっと部屋を抜け出して研究していることを知っています。

使用人たちの監視もあり、お食事はしっかりととらせていますし、最低限の睡眠時間も確保させていますけれども。

研究室の扉を開けます。

目の下に隈(くま)を薄すらと浮かせた彼が、目を輝かせて腕を広げました。

「完成したぞ!」

「おめでとうございます!」

わたくしは彼の腕に飛び込みます。ワルツのようにその場でくるくると回り、笑い合いました。

「見てくれ」

机の上には朝顔の花や喇叭のように先端の広がった金属の筒が置かれています。

「これが魔素何とか……」

「大気中魔素集積装置だ」

その中央部、花で言えば雌蕊の部分にある機構が魔素を集めるためのものなのでしょう。そこから管が伸び、高濃度魔素結晶化装置、つまりミーナ十二号に接続されていました。ミーナ十二号のフラスコ中の球体に霜が降りるような反応、魔石の結晶化が発生しています。

フラスコの底には小さな、砂粒のような魔石が転がっていました。

「まあ、小さいのですね」

「大気中の魔素は決して濃度が高い訳ではないからね」

ふむふむ。

「より時間をかければ魔石を大きくできる可能性はあるが、どの程度までの大きさにできるのか、また時間によって魔石の品質に有意な差が発生するのかについては……」

レクシーが説明をしてくださいますが、あまり専門的なことは分かりませんわ。でもきっとデータの作成、整理などではまたお手伝いできることもあるでしょう。

「例えば大気中の魔素濃度が高ければ、より早く、あるいはより大きな魔石が作れるということかしら」

「そういうことだね」

ペリクネン領は王都よりも魔素濃度は平均的に高いはずです。ダンジョンがあるから魔素濃度が高いのか、魔素濃度が高いからダンジョンがあるのかはわかりませんけれども。

いずれはそちら側でも研究できると良いのですが。

ふと、オリヴェル・アールグレーン卿のことが浮かびます。彼と最初に出会った時、大量の魔素を放出されていたけれど、例えばその周囲にこれを置いたらどうなるのかしら。

……やはり魔術師、それもできればその実力にしろ地位にしろ高位の方の協力が欲しくなりますね。

「まあ現状では流石にできた魔石が小さ過ぎて、使えるものではないが」

魔道具の燃料とするにしても小さ過ぎて規格に合いませんわよね。

「しかし結晶化装置の方だって一号から十二号へと改良を重ねる中で、作れる魔石の大きさ、えーと、魔力の変換効率。それが格段に良くなったではないですか」

「そうだな」

「またこちらもこれから改良を続けられるのでしょう?」

レクシーは自信有りげな表情を浮かべて頷きました。

「もちろんだとも」

レクシーは控えめな性格をしておられますが、それでもご自身の研究に関しては自信がおありなのですよね。

わたくしも笑みを浮かべます。

「ならなんの問題もありませんわ。それでこの、大気中魔素……」

「大気中魔素集積装置な」

「これにも何か可愛い愛称はございませんの？」

以前の魔素結晶化装置の方はセンニの声がけにより、ミーナ号という名前が付けられたのでした。

レクシーがちょっと目を逸らして鼻を掻きながら言います。

「一応、ヴィルム号という名前を考えてはいたんだ……」

「ヴィルム号」

「うん」

それはもちろんわたくしの名前のヴィルヘルミーナから取ったのでしょう。わたくしの名前を前半と後半に分けて、ヴィルムとミーナとそれぞれの装置につけてくださると。

「ちょっとヴィルムだと名前が男っぽいかな」

確かに男性名ではありますが……。

わたくしは首を横に振り、机の上の大気中魔素集積装置とそれに繋がったミーナ十二号に目をやります。

ヴィルム号……。レクシーがわたくしを第一に考えてくれているのは本当に嬉しいこと。

「とても光栄ですし、心から嬉しく存じますわ。でも……」

「でも？」

「旦那様、差し支えなければこの装置の名前をわたくしに決めさせていただいても構いませんか？」

わたくしがそう問えば、彼は頷きます。

「ああ、もちろんだとも。何か付けたい名前がある？」

「はい。……是非レクシー号と」

彼は目を大きく開いて、驚いた表情を示します。

「レクシー？」

「はい」

彼は右手で自分を指差しました。

「俺？」

わたくしはその彼の右手を両手で握ると、それをおもむろにわたくしの胸の前へと引き寄せました。そして視線を机の上の二つの装置に向けます。レクシーの視線がそれを追いました。

「だってあの装置たち、こうして二人で手を繋いでいるみたいですもの」

レクシー号が完成したからという訳ではなく、以前から準備を進めていたのですが、この秋に、わたくしたちは住んでいる屋敷の隣家も買い上げ、こちらをＡ＆Ｖ社の所有としました。


街路樹の葉は完全に落ち、寒々とした姿を晒すようになりました。鈍色（にびいろ）の空からちらちらと白いものが降る日もあります。

サーラスティ家のミルカ様はじめ友人の幾人かはオフシーズンに自領に戻ることなく、王都に滞在されているためお会いしています。しかし本格的に冬を迎えて王都の貴族街は閑散としていると言えるでしょう。

レクシーは研究室に籠りがち。それもお身体に障るので、適度に街を散策するのに連れ出したりもしていました。

簡易魔力鑑定所の方は相変わらず盛況です。平民たちは冬だからといって王都を離れることはありませんし。

特に子供たちの比率が増えたでしょうか。お菓子が貰えますからね。

そして今日、三番事務所の応接室にわたくしはいます。

目の前の魔力測定器、要はミーナ十二号ですが、そこからカランと音がしました。

「どうだね！」

そう仰るのはオリヴェル・アールグレーン卿。

この冬も魔術学校に留まり、毎週ここに来ては鑑定を行われるのでした。

「少々お待ちください」

侍女が鑑定士の下へ。ちらと覗きましたができていた魔石は強い青。

しばらくして戻ってきた侍女の持ってきたカードに目を通し、それを机の上に置いて示します。

「おめでとうございます、魔力量Ａ＋の氷属性という鑑定結果ですわ」

アールグレーン卿は満足そうに頷かれました。

「雷属性の吸収術式を開発した僕にとって、他の属性を付与することは児戯(じぎ)のようなものだよ！」

彼は前回、無属性の鑑定結果が出せるようになり、今回はそこに火と氷の属性を付与できるようになっておられました。

放出される魔力から属性を抜く術式と付与する術式、それら魔術の使用を隠匿する術式でおそらく三種の魔術を同時に発動されているのでしょう。

魔力放出を途中で終えられたため、３カラット程度の大きさですが、紅の魔石と蒼の魔石を作成されたのです。

わたくしは笑みを浮かべました。

「それでは今回で終わりでしょうか。わたくしたちとしてもこういった偽装方法があると教えていただき、たいへん勉強になりましたわ」

「とぼけるのは無しにしてくれたまえよ、レディ」

「あら」

「君の言うところの、僕がその魔力測定器に土をつけられたこと。それに対する雪辱は今日で果たしたと言えよう」

「ええ、故に先ほどおめでとうございますと」

彼はソファーからずいっと身を乗り出します。

「であれば、初めに言った通りだよ。その技術を僕に開示したまえ！」

「以前お伝えした通りです。どんな対価を積まれても安過ぎますわ」

「この僕が望んで、君は断れると思っているのかね？」

彼は魔術学校のみならず王宮魔術師やそれこそ王侯貴族にも広く伝手のあるはずの方です。隠したいと言って隠せるようなものではないことはわかっていますわ。

わたくしは息を吐き、ゆっくりと首を横に振ります。

「尋常の手段でお断りできるとは思っていませんわ」

「ふむ、それなら」

わたくしは彼の言葉に言葉を被せます。

「ですから決闘をいたしませんか？」

「……何？」

「力比べと言っても良いでしょうか。平民であるわたくしが貴族相手に意志を通すとならば、それしかないでしょう」

アールグレーン卿のような名誉ある貴族であれば、更にいえば力ある魔術師であれば。決闘で決着のついた結果に対して覆（くつがえ）すようなことはありませんでしょうから。

「僕に女性に手をあげろと言うのか？」

アールグレーン卿が眉をひそめます。

魔女（ウィッチ）という言い方があるくらいですから、魔術師には女性も多いのです。しかし彼は女性に攻撃するようなことはできないという、紳士や貴族的な考えをお持ちのようでした。

「もちろんまともな決闘でわたくしに勝ち目などございませんわ」

それはそう。この王国でも一、二を争う力ある魔術師でしょうからね。一方のわたくしは武の技も魔術も学んだことがないのですから。

彼は頷きます。

「ですのでこういうのはどうでしょう。この場で卿がわたくしに読心(リードマインド)の術式を一度使う。それで心を読み取れれば貴方の勝ち。その読み取れた情報を差し上げますわ。読み取れなければわたくしの勝ち。その場合はもう技術開示の話は終わり、これでいかがです？」

彼は鼻で笑います。

「僕の魔術は素人が抵抗できるほど甘いものではないぞ」

「実のところ法に触れるとは言え、アールグレーン卿のような高位の魔術師に精神感応(テレパシー)や読心の魔術をこっそり使われていたらいつでも情報を抜かれてしまっていた筈です。ですのでこうして正面から話してくださる卿には、わたくしたち一同、とても感謝していますの」

彼は目元を赤らめてそっぽを向きます。

「ふん……騙し討ちのような真似は好まないだけだ」

「素晴らしいお振る舞いですわ」

わたくしは緩く首を傾げ、いかがでしょうと問います。

そして今思いついたかのように付け加えました。

「ああ、もしわたくしが勝利して、それでもなお卿が知りたいというのであれば、秘密を守ると誓いを立てていただいた上でわたくしに雇われるなら教えて差し上げても構いませんわ」

「ヴィルヘルミーナ・ペルトラ」

「なんでしょうか」

彼の片眼鏡の奥、黄金の瞳が細められます。

「君は僕を話にのせるのが上手い。君は……危険だ。危険な女性だよ」

わたくしはただ、笑みを以って返します。

「いいだろう、では勝負といこうか」

ぶわり、と彼の身体から風が発せられているかのような圧力。わたくしは扇を広げ、口元を隠します。

「合図は？」

「不要ですわ。お好きにどうぞ」

彼は詠唱や身振り、魔法陣など必要とせず、ただ精神を集中させ、内なる魔力を高めます。

高位の魔術師にとって詠唱など破棄することが可能。そもそも精神に影響する術式は秘密裏に使えてこそ意味あるものではありますが。

アールグレーン卿の瞳がわたくしを見据えます。

「ではいきましょう。読心！」

決闘という体裁もありますし、あえて術式名を宣言してくださったのでしょう。

金の魔眼がわたくしの心の内面を見透かすように輝きます。

放出される魔力。普通ではあり得ないほどの魔力が込められている故か、目には見えぬ魔力の触手がわたくしの頭に、脳に襲い掛かるイメージを幻視します。

その触手は太く力強く、先端はわたくしを鋭く貫かんとする。

わたくしは右手をアールグレーン卿に向けて伸ばしました。口元を隠していた扇は、上下を逆に要を上にして摘むように持ちます。拒絶の表現、身を守る盾の想起。

そして扇(あお)ぐようにそのまま押し返す。

「無礼者よ、往ね」

そしてただ言葉に魔力を込めます。それは対抗呪文(カウンタースペル)といった魔術といえるようなものではなく、もっと原始的な意志の力。ただ言葉に膨大な魔力を込めて、強き意志を以て否定する。

幻の触手は掻き消えるように雲散霧消しました。

わたくしは唖然とした表情のアールグレーン卿に見せつけるように、おもむろに扇を閉じて膝の上に置きます。

「決闘はわたくしの勝ちですわ」

「……馬鹿な」

「結果が全てですわ」

「……馬鹿な」

彼は同じことを二度呟かれました。

アールグレーン卿は感知しているのでしょう。枯渇している彼の魔力、それに対して本来の彼の魔力に数倍するわたくしの魔力を。

「どんな手妻(てづま)を……いや、決闘の結果に文句がある訳ではない。ないが……!」

「答えを知りたければその方法はただ一つですわ」

彼はやおら立ち上がると、美しき所作で裾を払い、右手で腰の短杖を抜くとそれを背中に、左手を胸に当てて深く腰を折りました。

「僕、オリヴェル・アールグレーンは偉大なる魔女、ヴィルヘルミーナ・ペルトラの軍門に降ることを誓いましょう」

「わたくしは魔術師でありませんわよ」

軍でもありませんし。

「僕の魔術が効かないほどの力を示されたのだ。それだけでそう呼ばれるに相応しい」

まあ、ある意味魔女というのも正しいかもしれません。ペテン師という意味ですけどもね。

わたくしは魔力測定器を彼に向けて押し出します。

「覆いを、外側の箱を取って、少しで構わないから魔力を流してご覧なさい」

「はい」

彼は師を前にした弟子のような恭しい手つきで魔力測定器を受け取ると、外装を取ってミーナ十二号を露わにしました。そしてそこに魔力を流します。

カラン、と落ちる一粒の欠片。

今日の彼は既に二度魔石を作成していますし、たった今全力で読心の術式も使用されたばかりです。

彼にしては少ない魔力による小粒の黄色い魔石でした。

「お手に取っていただいて構いませんよ」

アールグレーン卿はそれを手に取り、宙に掲げて観察されました。

「これは……魔石ですね。それもかなり良質のものだ」

「ええ」

「無料鑑定……莫大な富……そういうことか。非魔術師である彼女に魔術が通らない……膨大な魔力量……まさか！」

魔石を見ながらぶつぶつと呟いていた彼が目を見開き、こちらを見つめて悲鳴のような声を上げます。

「僕は何度ここで鑑定をした⁉」

「今日で十回目ですわ」

わたくしはそう言いながら胸元からペンダントを取り出します。今日のそれは六芒星（ヘキサグラム）、その頂点に5カラット大の雷属性の魔石。

安定と平穏を示す、護符には最適の六芒星配置ですわ。

「わたくしに魔術を通すならアールグレーン卿を六人ほど倒して頂ければと思いますのよ、アールグレーン卿？」

「……なるほど、守りは完璧と。もし僕が裏切ってこれを公開しようとしたら？」

わたくしは右手を上げます。

背後でガシャンと金属の擦れ合う音。

壁際に立つ今日の護衛の一人であったヤーコブが魔撃銃にアールグレーン卿の魔石を装塡して構えた音です。

「射撃準備完了しました！」

彼が大きな声を上げます。

魔撃銃は装塡された魔石の魔力を純粋なエネルギーとして射出する武器。魔力の変換効率が良くないため、どちらかというと魔道具の中では欠陥武器扱いされているものですが、装塡する魔石がアールグレーン卿のものならいかがでしょう。

彼は天を仰ぎます。

そこに侍女が大きな瓶を抱えて持ってきて机の上に置きました。煌めくそれは大量の屑魔石が入ったものです。

「奥様、昨日一日の魔石をお持ちいたしました。約八千二百人分、合計１０００カラット強です」

瓶の口を扇の端でとんとんと叩きます。

「わたくし、これをぶっ放せる魔撃砲なんてあっても良いかなと思ってますのよ」

以前わたくしはレクシーに魔素結晶化装置がそこらの王が有する王権(レガリア)などと比べ物にならないと言ったのはこれが理由ですわ。

この魔道具は、それ単体で金であり、エネルギーであり、武力なのですから。

アールグレーン卿は両手を上に挙げて掌を見せます。

「やはり貴女は危険な魔女でした。完全に敗北を理解(わか)らせられましたよ」

「構えをやめなさい」

わたくしがそう言うと、ヤーコブは魔撃銃の銃口をおろして中から魔石を取り出して仕舞い、元の位置へと戻ります。

「わたくしなどただちょっと賢しらに動いているに過ぎませんの。称されるべきはただ一人。我が夫にしてその開発者であるアレクシですわ」

アールグレーン卿もゆっくりと手を下ろしました。

「偉大なる魔女ヴィルヘルミーナ、貴女の勝ちです。その名は世界に、歴史に刻まれるでしょう」

「なるほど、もちろんこれを開発したアレクシ氏が最も称されるべきなのでしょう。しかし、例えばこの事務所は貴女が責任者ですが、このやり方もアレクシ氏が思い付かれたので？」

いえ……確かにそれはわたくしですけれども。口籠もっていると、アールグレーン卿は得心されたかのようにゆっくりと大きく頷かれました。

「やはり。それにこの僕、〝氷炎の大魔術師〟たるこの僕をやりこめたのは間違いなく貴女、ヴィルヘルミーナの手柄なのですよ。もっとご自分を誇るべきだ」

彼は跪き、わたくしの手を取ります。

「貴女が既婚者でなければ結婚を申し出ていたところでした」

「ふふ、光栄ですわ、アールグレーン卿」

「オリヴェルとお呼びください」

彼がそう仰ったとき、ノックもなく扉が開きます。

そして足音はわたくしの横に。咳払いが一つ。

「他人の妻を口説くのはやめていただきたい」

不機嫌そうな声、レクシーです。今日は隣の部屋で待機してくれていたのでした。

しかし、アールグレーン卿はそんなことは気になさらない様子で立ち上がると、手を差し出されました。

「あなたがペルトラ氏か！　素晴らしい……いや、いっそ恐ろしい発明家ですね君は！」

レクシーの手を握って振ります。

毒気を抜かれたかのように唖然（あぜん）としたレクシーですが、気を取り直したように名乗ります。

「アレクシ・ミカ・ペルトラです。偉大なる〝氷炎の大魔術師〟にそう言っていただけるとは光栄だ」

彼らはソファーに座り直し、話を続けます。

魔石作成の協力を取り付け、代わりに格安で魔石の提供を行うことなど業務的な契約の話もありましたが、彼らはどちらも研究者です。話はすぐにその魔石作成の技術や大気中の魔素の凝集（ぎょうしゅう）についてへと進みました。

ひとしきり話をした後、知的好奇心が満たされて満足したのか、アールグレーン卿はソファーに背中を預けて深く頷かれました。

「素晴らしい、素晴らしいよ。しかし、無から有を生むとは神の領域か」

わたくしは笑います。似たようなことはわたくしも言ったことがありますもの。その疑問にはレクシーが答えます。

「そもそも魔術という力や魔力によって生きる魔獣やダンジョンという構造体が神秘や奇跡、神の領域なのです。例えばアールグレーン卿」

「オリヴェルと」

「オリヴェル氏は氷魔術の使い手ですが、例えば氷礫(アイスブレット)、あの氷をどこから持ってきているのです?」

レクシーは氷属性魔術の基本的な攻撃魔術、氷の礫(つぶて)を敵に飛ばす術の名を挙げました。

「学説では大気中の水分を氷結させているというのもあるけど、特に威力を拡大させるにつれて明らかに量として不足だね。僕が思うに、それも事実ではあるが、不足分は魔素を直接現象に変換している。ああ、そうそう。乾燥した砂漠でも水を作成する類の術式は使えるという研究は読んだことがある。魔力消費量は増えるようだがね」

レクシーは頷きます。

「俺は貴方が魔素を氷に変換するのと同様に、魔素を魔石に変換しているだけです。魔術師の方々と本質的には変わらない」

「なるほど、奇跡というのであればそもそも魔術がそうであると……ただ、これは汎用性と持続性において重大な革新であるだけで」

そう、極めて革新的である。そしてそれは危険でもあるのですが。

アールグレーン卿の金の魔眼が輝きます。わたくしたちのことを観察するかのように。そして言葉を続けました。

「大いなる力です。ですがここまでの力を手にした貴女たちの目的はなんなのでしょう?」

「目的ですか」

わたくしは視線を外してしばし考えます。

「最初は……復讐（ベンジャンス）のつもりだったのです。と言っても武力を以って相手を害しようとかそういう訳ではなく、ただ見返してやろうという思いだったのですが」

「ほう。貴女は王太子殿下に復讐することを考えているのかと思いましたが……今は違う?」

「わたくし、幸せになろうかと」

彼は眉をひそめます。

「美しき淑女たる貴女は幸せではないのでしょうか?」

「いいえ」

わたくしは首を横に振り、レクシーの腕にわたくしの腕を絡めて笑います。

「充分幸せですわ。ただ、わたくしたちのそれは全力で掴みに行き、そして全力で守らねばならない性質をしたものなのです。……例えば少し前にもエリアス王太子殿下に妾となるよう言われましたもの」

「それは……」

レクシーがわたくしの手を握りました。ふふ、大丈夫ですわよ。

「わたくしの出身からしてもこの身は狙われますし、またこの技術は危険なものです。まずはわたくしたちの身を守るためにも力が必要となります。でも別に魔石の銃や砲を作りたい訳ではありませんの。ただ……」

ふと以前の小さな家を思い出します。わたくしの言葉が止まったため、アールグレーン卿が続きを促します。

「ただ？」

「いずれ魔石の価値は暴落しますわ。その時、全ての平民が、たとえ貧民であろうとも、その夜が魔石の洋燈（ランプ）で照らされるよう、その冬が魔石の暖炉で暖かく過ごせるようにと。それが目的ですわ」

オリヴェル氏は満足そうに頷かれます。

「なるほど、偉大な魔女は善き魔女でもあるようだね」

こうして、オリヴェル・アールグレーン卿がわたくしたちの協力者となってくださいました。

彼は魔術学校の教授であり、自らの派閥を有しています。ご自身の派閥の魔術師、優秀な生徒などを連れて魔力鑑定所に魔石作成の手伝いに来てくださるようになりました。

もちろん魔術によって変装されて、ですわ。

第七章：世界の涙とイーナの変化

「レクシー、お約束していた通り、貴方のための研究所を用意いたしました」

朝食の席でそう言えば、彼は驚きと隠せぬ喜びを表情に浮かべます。

「隣の男爵家が引っ越しをしていたが……、無理に立ち退かせたわけではないよね？」

ふふ、レクシーはそう仰ると思ってましたわ。わたくしは頷きます。

「ご心配なさらず。春秋は元より貴族の移動が多いのです。領地と王都を移動しますからね。彼らは来春にはより良い家に移ることになっていますので、喜んで譲ってくださいましたわ」

「そうか、なら良かった。思ったよりずっと早かったね？」

そうですわね。わたくしも年内にこの屋敷以外にさらに屋敷を購入するとは思っていませんでしたわ。

「無料魔力鑑定所が非常に順調ですからね。A&V社としては今年は利潤を出さないようにしたいので、余剰を設備投資に回していく予定ですし、ちょうど良かったのです」

レクシーはちょっとそわそわとした様子。

「設備投資に回していくってことは……」

「ええ、レクシーがメモしていた必要な機材や実験に使いたい素材などを購入できるということでもありますわ」

彼は胸の前でぐっと拳を握りました。

「ミーナ、ありがとう！」

ふふ、レクシーってばこういうところが可愛いのです。おもちゃを買ってもらえる子供のように無邪気ですわ。

「それとレクシーにお願いしたいのですが、引き抜きをかけられますか？」

「引き抜き……かい？」

彼は首を傾げました。わたくしは部屋を見渡します。レクシーの視線がそれを追いました。

部屋に立つのは食事の支度をしていたメイドたち。

「ええ、わたくしの使用人たちはA＆V社の社員としても動いてもらっていますわ」

「……いつも大変世話になっています」

レクシーが頭を下げ、メイドたちもそれに返礼しました。

その中の一人、センニが笑みを浮かべて言います。

「A＆V社のお仕事楽しいですし、お給金もいただいてますから！」

みな頷きました。そう、実は使用人たち、使用人としての給与に加え、社員としての給与も出していますから結構なお金が入っているはずなのです。

「ただ、わたくしも彼らも、レクシーの発明や生産のお手伝いはできないのです。大気中魔素集積装置、レクシー号はまだ魔石の生産速度や生産される石が小さすぎて実用には足りない、そうですわよね？」

現状では装置に使用している素材に対して生産量が少なすぎ、全く採算が取れない。金貨を使って銅貨を作るようなものであると。

レクシーは頷きます。

「そうだね。これから改良を続けていかねばならない」

「その通りですわ。加えてミーナ十二号の生産もひと段落ついたとは言え、もちろんいずれは増産していただきたいですし、別の問題も」

彼ははっとした表情を浮かべました。

「保守点検、それと修理か……。つまり技術者が足りないと」

そうです。ミーナ十二号が稼働し始めた以上、それを管理するための技術者は必要ですし、開発に加えて増産もしていただかねばなりません。レクシー一人のみで負担できる仕事量ではありませんわ。

「わたくし、レクシーには楽しんでお仕事をしていただきたいですもの。つまり新たな発明であるとか、改良であるとか、そういったものを行って欲しいと思ってますの」

レクシーはわざわざテーブルを回り込んで、わたくしの手を取りました。

「ミーナ……！」

彼の瞳がきらきらと輝いています。

「ふふ、そんなに感涙に咽ばなくてもよろしくってよ」

「いや、ありがとう。そうだな。研究者を雇おう。なに、伝手はあるさ」

「ただ、レクシー……」

「口の堅く、裏切らない者を。大丈夫、平民の研究者で俺みたいに不遇な立場にいる者、学校に残っていても出世が見込めない者なんていくらでもいる」

わたくしは懸念(けねん)を伝えようとしましたが、レクシーはわかっているというように頷きます。

分かってくれていて何よりですわ。

わたくしはちらと家令のタルヴォに視線を送ります。彼は紳士の礼(ボウアンドスクライプ)をとりました。

「旦那様がお声がけする際に、こちらでも身辺の調査を致しましょう。それとお声がけなさるのが平民の方々であるなら屋敷の一部を寮として住んでもらうのは如何でしょうか?」

そういうことになりました。

A&V社の拠点ができ、そこに研究者が住むようになりました。A&V社の研究と生産体制が確立され始めたのです。


「ああ、今日は仕事休みだったか。ミーナも出かけていると」

ふと呟いた声に応じる声がない。もう年の瀬であり、使用人らにも交代に休日を与えているからだ。

今日は久しぶりに暇である。

以前、研究者を雇い始めたあたりで休日を作れと言われたのだ。つまり、研究のトップである俺が休まないと研究者たちが休めないからと。

なるほど、理解できる話である。そしてそういう時はミーナとデートでも楽しむようにはしている。ただ、今日の彼女には友人である貴族令嬢や夫人との茶会の予定が入っていたのだ。

仕方ないので日課にされている運動をこなし、後は本でも読んでいるかと思ったところで来客があった。

「やあ、アレクシ。冴えない表情をしているがどうしたんだね？」

オリヴェル氏である。背後には家令のタルヴォ、彼がオリヴェル氏をこちらへ連れてきたようだ。

彼は欠かさず週に三度、魔力鑑定所かうちの屋敷に来るようになったのだ。今日は屋敷に来ていたらしい。

「顔は生まれつきです。オリヴェル氏は魔石ですか？」

「うむ。その通りだ」

彼は懐から葉巻入れ（シガーケース）を取り出してくるりと回す。

あれは偽装用で、中に入っているのは葉巻ではなく彼自身が作製した魔石であると知っている。

彼が魔力を魔石に変換する対価としてミーナに求めたのは金銭ではない。当然の話で、アールグレーン侯爵家の令息にして魔術学校の教授が金に困っているはずもない。彼が魔石を三個作製するにつき一つ、彼に対価として渡しているのだ。

そのまま雑談していたらふと、彼が言った。

「なるほど、冴えない表情の理由は夫人に放っておかれてしまったからだね?」

ぐぬっ……。

彼はいつも通りのきらきらとした表情で俺の肩を叩く。

「では僕と酒でも片手に親交でも深めようではないかね。どうせ暇なのだろう?」

俺はちらりとタルヴォの方を見る。酒席の用意をと伝えようとし、彼も頷いたが、オリヴェル氏は首を振った。

「そうじゃない。たまには屋敷から出かけようではないか」

「あー……、一応、身辺を警戒していてですね」

「なるほど、君の素晴らしい技術が漏出しないために警戒しているのは分かるとも。だが、君は気分転換が下手だ」

「はぁ……」

「家と隣の研究所の往復だけではダメということだよ。なに、安全には気を配ろう。買い物でもして僕の家で飲むのはどうだ?」

ということで出かけることになった。

俺は使用人の服を借り、オリヴェル氏に偽装の術式をかけられた。

どことなく若様と使用人といったような風情で町をそぞろ歩く。

年の瀬も近く、下町には昼過ぎでも年越しの買い物のための市が出ていて、空気は冷たいが客引きなど人の熱気は感じられた。

「どうかね?」

くるりと振り返ったオリヴェル氏が俺に問う。

片眼鏡は外され、金の魔眼も魔術によりその色を変えて目立たぬようにしている。それでも顔立ちの良さは隠しきれず、道ゆく少女たちが彼の方を見て顔を赤らめてはいるが。

「荷物が無駄に重いな」

くくく、と彼は笑う。

彼が覗くのは必ず女性がやっている店だ。そして何か買うたびにおまけを貰っている。

彼は貰った小ぶりな焼き菓子を半分に分けると、片方を俺に渡し、もう一方をひょいと口に運ぶ。

「役得だろう?」

俺も焼き菓子を口に運べば、ほろほろと口の中で崩れ、甘味を残して消えた。

「……まあな。でもちょっと意外だった」

「ふむ?」

「アレなのにこういう下町に慣れているんだな」

侯爵家の令息なのに、そこを濁して伝える。

「そりゃあ僕はアレだけどね、魔術学校の生徒でもあったわけで、寮暮らしを何年も続けていたわけだよ。平民の店だってよく行っていたさ」

そう言いながら今度はチーズのおまけを摘んだ。

なるほどな。

「なに、ここでたくさん買ったのはうちの使用人への土産にでもすればいいさ」

「これを飲むんじゃないのか？」

袋に入った葡萄酒（ワイン）やら蒸留酒（リカー）の瓶を持ち上げる。

「まあ、それでも良いが、せっかくだし良い酒でも出すさ。君は僕らの社長だしね、接待してさしあげなくては！」


市で買った飲食品を馬車に載せ、到着した屋敷は王都の一等地にあるタウンハウス。うちの屋敷より一回り小さいが、歴史を感じる佇まいである。そもそも土地の値段から何から違うだろう。

「ここがアールグレーンのタウンハウスだが、家人はいないので気楽にしてくれたまえ。使用人たちも僅かだ」

「領地に戻っているのか」

オリヴェル氏は肯定する。玄関の前には壮年から老境に差し掛かる頃の男性が一人。

「お久しぶりでございます、おかえりなさいませ。オリヴェル様」

「うん、ただいま。こちらは執事（バトラー）のヘルマンニ、当家に代々仕える家系の者で、信用できる。こちらはアレクシ・ミカ・ペルトラ氏だ」

「初めまして、ペルトラ様。お噂はかねがね」

そう言ってヘルマン二氏は頭を下げた。

「お邪魔します。……噂？」

「君、自分が公爵令嬢と結婚したこと忘れてるんじゃないだろうね？」

前を行くオリヴェル氏が振り返って言う。

……そうだった。

通された応接室は伝統と格式を感じさせ、なおかつ居心地の良さそうな部屋であった。寄木の床には落ち着いた色の絨毯が敷かれ、飴色のテーブルを挟んで向かい合わせのソファーが暖炉の側に。暖炉には火が付けられ、僅かに甘い香りが漂う。果樹を薪としているのだろう。

「素敵な部屋だ」

ふん。と軽く笑われ、ソファーに座るよう促される。

「平民の君にもこの良さが分かるかい？」

馬鹿にしたような物言いではあるが、彼にその意図はないだろう。単純に気になっただけなのだ。

「妻に勉強させられているからな」

「まあ……、彼女はセンスが良かろうよ。君らの家の応接室も素晴らしいと思う」

「ありがとう。ただ、こうして比べると少し我が家のほうが女性的な気はするな」

我が家の方が椅子の足が曲線的であったり、内装の色が明るく華やかであるということだ。

ヘルマン二氏により酒器と軽食、摘むものが手際よく並べられていく。

「彼以外の使用人を部屋に入れられないことは勘弁してくれたまえよ」

「いや、感謝する。どうしても外に出せない話が多くなるだろう」

いくら侯爵夫妻が不在とはいえ、屋敷が無人という訳ではない。こうしてオリヴェル氏が帰ってくることもある訳だしな。だが、メイドをここに入れず、執事一人が酒の用意をしてくれているのは、秘密が露見しないよう気を遣ってくれているということだろう。

そして俺たちは互いに金属の酒盃(ゴブレット)を手にした。中には葡萄色の液体。

「何に乾杯する?」

「A&V社の発展を祈願してで良いんじゃないか?」

「ではこの一杯はA&Vに捧ぐとするか」

「「乾杯!!」」

そう言ってオリヴェル氏は身を乗り出すと、俺の杯に彼の杯を勢いよくぶつけてくる。酒が少し卓上に溢れた。

俺は杯を口に。香り高く、だが渋みの強い液体が口中に広がっていく。美味い酒だが、ちょっと慣れぬ味でもある。

「乱暴な作法だ。貴族ってのはもっと優雅に杯を掲げるものだと思っていたよ」

「馬鹿をいうな。乾杯というのは杯をぶつけ合うのが伝統の作法だぞ」

オリヴェル氏は蘊蓄(うんちく)を語る。杯をぶつけることで酒に宿る悪魔を追い払い、互いの酒の飛沫を飛ばして相手の杯に入れることで毒など入っていないと示すものであると。

「へぇ。平民、下町のやり方って訳ではないのか」

「まあ、今じゃ晩餐会とかではやらないけどもね。特に女性がいるとドレスに飛沫が飛ぶと大変であるしな」

「どうやって見極めればいい？」

オリヴェル氏は机の杯を指す。

執事のヘルマンニ氏はいつのまにか溢れた酒を拭っていて、杯に新たな酒を注いでいた。

「薄い硝子の酒盃で酒が供されたら、ぶつけるべきではない」

なるほど。俺は頷く。

再び杯を手に取って、彼は笑みを浮かべる。

「次は君もきちんとぶつけてきたまえよ」

そうして杯が重ねられる。

酒席での話は魔術や魔素、魔力絡みの話を中心に多岐に渡った。彼は俺よりもずっと酒に強いのだろう。

顔を少し赤くしつつもほとんど変わらぬ様子で葡萄酒、喉が焼けるような蒸留酒と飲み続ける。

俺はさすがに蒸留酒をそのまま飲むのは無理だ。

「こうしたまえよ」

オリヴェル氏は器の上に手を差し出すと、魔力の動く気配とヒヤリとした空気が流れる。そして彼の指先が白く染まっていく。

カランと器の上に硬貨ほどの大きさの氷球が落ちた。

「簡単に魔術を使うものだ」

　氷を生むのは水と熱の二つを操作するので高等魔術に属するはずである。それを詠唱もなく無造作に行使してしまうのだからな。

「当然だろう。僕を誰だと思っているんだい?」

「ははっ、ありがとう」

　俺は杯に氷を入れ、そして蒸留酒を注いでもらった。

　オリヴェル氏はにやりと笑みを浮かべる。

「そうだな、対価は魔素結晶化装置を貸してくれればそれで良いよ」

「無茶言うな」

「なに、言ってみただけだ」

　大体オリヴェル氏に貸したら毎日魔力切れまで魔石を作りそうだ。ミーナの調査で魔力回復にかかる時間を考えると、魔力操作に長けているもので一日おき、そうでなければ三日は空けるべきという結果は出ているのだ。

　しかし、ぽつりと漏れた言葉は別のものであった。

「せめてミーナの安全が担保できればな」

　オリヴェル氏は杯を煽って言った。

「はっ、そんなものは無理に決まっている」

　彼が杯をテーブルに置くと、執事がそれを音もなく手に取り、新たな酒が注がれていく。

無造作に、だが優雅に胡椒のたっぷり載ったチーズを摘みながら言葉を続けた。

「なるほど、A&V社が金を稼ぎ、権力を手にし、敵対者を排除していけば君たちの身は安全に近づこう。この国の王を弑逆して玉座にとてつくことすらできようとも」

執事のヘルマンニ氏がぴくりと表情を動かした。密談での主人の言葉とはいえ流石に不敬が過ぎるか。俺は苦笑する。

「ほう、アレクシ。君は驚かないんだな」

彼の金と青の視線はじっと俺に向けられていた。ああ、なるほど。こんな酒の場でも彼はしっかりと俺という人間を測っているのだな。

「ミーナと同じことを言う。と思ったのさ」

「彼女はなんと?」

「魔素結晶化装置は王権であると」

オリヴェル氏が鮫のように笑う。

「流石は、我が女主人だ!」

「オリヴェル氏よ、お前のではないぞ」

彼は笑う。

暖炉の薪がパチリと爆ぜた。

「暑いな……」

オリヴェル氏はクラヴァットを解く。

喉仏から鎖骨の根元にかけてのラインが露わになった。色白の肌が酒気に赤みを帯びている。

「お前……ミーナの前で飲むなよ」

色気が酷い。

「ふふん、そう思うなら君がしっかり彼女を捕まえていたまえ！」

俺は舌打ちし、彼は笑う。

そうして蒸留酒を口の中で転がしていると、突然彼が俯いた。

「オリヴェル氏……。オリヴェル？」

答えはない。

すうすうと規則正しい息の音が聞こえてきた。

「……寝やがった」

好き勝手言って寝るのかよと思わなくもないが、まあ酔っ払いなんてこんなものか。俺は溜め息を吐き、テーブルに置かれた彼の酒盃を退かす。

すっと壁際に控えていた彼の執事、ヘルマンニ氏が近づき、俺の手の酒盃を受け取って言った。

「ありがとうございます」

彼はそう言って俺に恭しく頭を下げた。ふむ。

「随分と失礼な発言もしてしまった気がしますが」

「酒の席ですから。私もオリヴェル様も気になど致しませんよ」

そもそもこれでは起きた時に彼が覚えているのかも怪しいか。

「それより主人がこれだけ楽しそうなのを見たのは久し振りです」

「そうなのですか?」

ええ、と彼は肯定する。

「執事の私めが言うのも畏れ多いことですが、オリヴェル様は幼い頃から魔術に関してその知識を吸収する速度も魔術を行使する能力も素晴らしいものでございました。ですがそれ故に同年代の魔術師には遠巻きにされ、歳上からは敵愾心を抱かれていたものです」

……オリヴェル氏が宮廷魔術師にならず、魔術学校に残ったのもそのあたりに理由があるのかもしれない。ふとそう思った。

ヘルマンニ氏は続ける。

「我々使用人ではオリヴェル様の話を理解することも難しく、魔術師同士の会話だと相手は潜在的に敵となり得ます。……かつてオリヴェル様の開発していた術式を盗んだ者もおりましたので」

俺は嘆息する。

「研究者同士でもよくある話です。彼は俺とは真逆の華やかな人生を送っていると思ってましたが……」

存外似たようなことがあるということか。

俺は寝ているオリヴェル氏の頭を見下ろす。酔っ払って寝ていても銀の長い髪は艶やかに卓上に渦を巻く。俺は彼の頬に手を伸ばし、片眼鏡をそっと抜き取って執事に渡した。

「魔術師ではなく、話の通じる友人ができたことを嬉しく思われているのです。普段はこんなに酔われることはないのですが。さ、オリヴェル様、こんなところで眠っては身体が凝ってしまいますよ」

むにゃむにゃ唸るオリヴェル氏に、廊下から護衛たちがやってきて身を起こし、肩を差し入れた。

「それではペルトラ様、今後ともオリヴェル様をよろしくお願いいたします」

執事は再び俺に恭しく頭を下げ、俺はアールグレーン邸を辞去した。

◆

「うーん……」

年が明けました。わたくしは新たに研究者・技術者としてA&V社に勤めることになった方たちの経歴や、タルヴォらによる調査結果を記した紙を見ながら唸ります。

彼ら新たな人材に間諜(スパイ)が紛れ込んでいるとまでは思いません。間諜を技術者や魔術師といった専門職にするのは難しいのです。ですがその逆、例えば技術者を簡易な間諜にするのは比較的容易です。

例えば、金銭で懐柔する、女性をあてがう、両親・妻子を拘束するなど。

わたくしたちとしては屋敷に寮をつくった施策もそうですし、できるだけ出入りを減らすとか、厳重な警備体制であるとか目に見える警戒もしています。そしてそれ以外にも開発作業の全体像が見えづらいような配置にするとか、他にもレクシーすら知らない防諜のための施策も行っています。

それでもどうしたって人が増えれば秘密が露見しやすくなります。

「冬は比較的安全なのよね。問題は今年の春以降……」

冬はそもそも王都の貴族たちの人口が減っていることや、人流が減るのもあって守りやすいのです。

しかしこの春以降はそうもいかないでしょう。今は生産した魔石をこっそり流通させていますが、大半はA&V社の手元やクレメッティ氏の王都中央銀行が抱えています。

春からはそれを本格的に流通させせますからね。

「ミーナ?」

レクシーがやってきました。彼の手がわたくしの顔に近づけられます。

「……レクシー、何を?」

「いや、眉間に皺を寄せてはいけないよ。悩み事かい?」

あら、心配を掛けてしまったかしら。

「いえ、レクシーの頭を悩ますようなことではありませんわ」

「ふむ、何か心配ごとがあったらすぐに言ってくれよ」

そこにひょいとオリヴェル氏も顔を出します。彼の着るコートの肩には白い欠片。暖炉の前にいると忘れてしまいますが、先日から雪が降り積もっていますからね。

「やあ、到着したよ。待たせたかね?」

「ご機嫌よう。まだ時間ではありませんわ」

今日は週に一度行うことになった会議なのです。

オリヴェル氏はレクシーの肩に手を置き、こちらに声を掛けます。

「アレクシ君は奥方に頼ってもらいたいのさ」

「なっ、何を」

「そうだろう？　アレクシ君に関係ない悩み事であったとしても気軽に話してやりたまえよ。では先に会議室に行っているよ」

……レクシーとオリヴェル氏、いつのまにやら随分と距離が近いわ。

「随分と仲良しになられましたわね？」

「ああ、うん」

たまに二人でお酒を飲みに行かれたり、他の研究者や魔術師の方を交えて食事を楽しまれるようになりましたからね。

レクシーも研究とは別に人生を楽しんで頂かなくては。良いことですわ。

「その……オリヴェル氏の言っていたことだけど」

「そうですわね。来春以降のことを考えていたのです。大々的に動く時期についてですわ」

彼の表情が引き締まります。

「ああ、そうだな」

「まあ、まずは会議ですわね。さ、いきましょう」

そう言うと、レクシーはエスコートのためこちらに右手を差し出してくださいました。

買い上げた隣家は冬の間に改装が進んでいます。

ここが現在、A&V社の開発拠点。屋敷そのままの外見ではありますが、会議室、研究室、開発室、金庫に魔石や書類の保管所、そして寮。……そういった施設へと変わっています。

といっても、参加者は開発部門としてオリヴェル氏、そして経営部門としてわたくしというメンバーなのですが。各部門より一人ずつ補佐ということで、レクシーの部下として雇った研究者と、オリヴェル氏のお弟子さん、わたくしの補佐として家政婦長(ハウスキーパー)のヒルッカがいますから、六人での会議ということになりますね。

「天然魔石と人工魔石の差異についてですが、天然の魔石と魔素集積装置を使って作られた魔石に関しては、当社所属の鑑定士も外部の鑑定士も見分けることができませんでした」

レクシーの部下の方が調査結果を発表しています。

魔素集積装置は周囲の環境の魔素を凝集しているわけですから、天然の魔石との間に差がないということでしょう。

彼は続けます。

「一方で魔素結晶化装置で作られた魔石ですが、当社で人工魔石を見続けている鑑定士であれば人為的に魔力を流して作ったものをほぼ見分けることができます。ただ外部の鑑定士は特に違和感を覚えないようでした」

オリヴェル氏が頷きます。

「妥当な結果だね。属性の単一性に気付くかどうかというものだ。天然のものは自然の多様な魔力を内包しているからな」

「例えばペリクネン領のエスポワ北ダンジョンは地属性魔石の産出地として有名ですが、やはり他属性も混ざっていますか」

わたくしがかつて住んでいた付近のダンジョンの名を出して尋ねると、オリヴェル氏は得意げに続けます。

「それはそうさ。これは魔術師としての意見だけど、属性が異なる魔石を魔術師が使用した場合、その魔石が内包する本来の魔力量から魔力に変換できるのは五割程度だ。自然石だと属性が噛み合っていても八割と言われる。僕のような雷属性の魔石なんてまず無いけどね！」

自然の中で雷の魔力が蓄積されることはまずありません。魔鉱にたまたま雷が落ちるか、雷竜（サンダードラゴン）のような珍しい雷属性の魔獣の魔石か。

オリヴェル氏がずいっと身を乗り出します。

「それがだよ。僕が作った魔石から僕が魔力を使う場合、その変換効率は間違いなく九割を超える。しかも魔素変換による体力の消耗もないんだ。それはそうだよね、変換してないんだから。これは画期的なことだよ！」

その言葉にレクシーが笑いました。

「つまり、もうちょっと自分の作った魔石を自分用に多く確保したいと」

「そうさ！」

なるほど、そういうおねだりでしたか。

オリヴェル氏と彼のお弟子さんたちからは、給与を減らして、あるいは別の対価を支払ってでも自分の作った魔石をより多く手元に確保したいとの陳情が寄せられますからね。

その取り分を増やし、代わりの払いをどうするかという相談がなされて、会議は一旦休憩に入りました。

「それにしても少し寒いですね」

外を見ればちらちらと降る雪。僅かに積もった雪で子供たちが雪玉を作り、それをくっつけて小さな雪だるまを…………ん?

ふとした閃き。

あまりにもひどい発想。

笑って震えてしまいそうになる声を抑えて、ヒルッカに声をかけます。

「ヒルッカ、屋敷の金庫から納品予定のないわたくしの魔石を持ってきてもらえる?」

お茶の用意をしようとしていたヒルッカが顔を上げます。

「畏まりました、奥様。センニ、お茶は任せます」

「はい!」

そう言って部屋を出ていきました。レクシーが尋ねます。

「どうした?」

「ちょっと実験を思いつきました」

実験、その言葉を聞くと四人の顔が輝きます。ふふ、みな研究者ですわね。

わたくしの目の前にはミーナ十三号。そしてヒルッカの持ってきてくれた宝石箱にはわたくしが二日に一つ、欠かさず作っている魔石。販売に回したり研究に回したりしているため、大半はここにはありませんが、それでもまだ二十個以上が手元に残っています。

わたくしは自身の魔力の色である水色の魔石を左手で摘むと、ミーナ十三号の取手に右手を置きました。

「あ……」

レクシーの目が見開かれ、口から声が漏れます。

わたくしは右手から魔力を放出しました。同時に左手の魔石から魔力を吸収していきます。

左手の魔石が砕け散りました。

「次を」

ヒルッカがわたくしに魔石を手渡します。

「はははははは！」

オリヴェル氏が笑い出しました。わたくしも笑みを浮かべます。ミーナ十三号のフラスコの中で、魔石がどんどんと大きくなっていきます。

再び魔石が砕けました。

魔力を使い切った魔石は砕けて風化しますので。

「次を」

ヒルッカが驚愕の表情で次の魔石を手渡しました。

「ひえええぇぇぇ」

レクシーの助手の方が悲鳴のような声を上げます。

「次……」

こうして大半の魔石を砕き散らせた頃。

ごとり。と重さを感じさせる音と共に魔石がフラスコの床に落ちました。

魔石を作る機構の部分から自重で落ちてしまいましたね。

息を詰めて見ていた皆が、揃ってため息をつきます。

「奥様、失礼します」

ヒルッカがわたくしの額に吹き出た汗を拭ってくれました。

「素晴らしい発想です、僕の女神よ！」

「僕のではありませんし、女神でもありませんわ。むしろレクシーの発明品にここまでの可能性があるということでは」

オリヴェル氏はレクシーに抱きつきました。レクシーは嫌そうな表情でそれを引き剝がし、こちらに声をかけます。

「それよりミーナ、体調は？」

「僅かに疲労感といったところでしょうか。痛みや魔力欠乏などの自覚症状はなし。一応後でお医者様に診てもらおうとは思いますが、おそらく心配するようなことはありませんわ」

そう言いながらフラスコを引き寄せます。

蓋を取って……。

「……出せませんわね、これ」

ええ、フラスコの首の太さよりも大きな魔石ですからね。

仕方がないのでハンマーでフラスコを壊して取り出すことになりました。

このフラスコ、魔素遮断コーティングとかで金貨数枚する高価なものですけど仕方ありません。

ガシャンと砕いたフラスコから取り出したのは、まるで苺か小さめの卵のような大きさの魔石。

自重で垂れていたせいでしょうか。普段のほぼ完全な球体ではなく、涙滴の形をしています。

全体は薄い水色。まだカットしていないのに内包魔力が大きすぎて、自ら光を放つようです。

「世界の零した涙のような……」

呟きが漏れました。恐る恐る摘めば、しかと魔石とは思えない重さを感じます。硬貨数枚分はあるでしょうか。

レクシーが天秤を用意してくださいましたのでそちらにのせます。

「……24g強って言うと、えーと」

「120カラットの原石ですわね。カットにもよりますが、形をそのまま生かすなら100カラットは優に超える宝石にできるでしょう」

宝石とは違って、魔石は原石から大きく削ることはまずありませんからね。

「100カラット魔石か……文献にあり、現存するもので世界に十個あるのかな?」

オリヴェル氏は楽しそうに言います。

古竜(エインシェントドラゴン)の心臓、歴代の魔王、踏破されたダンジョンの核。墜ちたる天の星。超巨大魔石の存在は伝説や物語に多く残されていますが、それらは使用されたり、奪われて歴史の闇に消えたりしていますから。

もちろん、文献に残っていない秘されたものが他にもあるでしょうけど、どちらにしろ世界規模で見ても限られたものです。

「どうする?」

「まずは箝口令(かんこうれい)を。これについて口にしない、勝手にこれを試そうとしない」

「それはそうだ」

「オリヴェル様が一番心配ですけどもね」

「心外だな。絶対にやるとも。ちゃんと君たちの前でやるから許可をくれ」

わたくしは頷きます。まあ、そうですね。どのみちわたくし以外にも試してもらわねばなりませんし。

「宝石職人を組織に引き込まないといけませんね。これのカットを外部に発注したらどんな騒ぎになるか……」

みなさんうんうんと頷きました。

「それで、できたものはどうするのです?」

わたくしはしばし考えます。

「……教皇領、隣国のさらに先ですが、教皇聖下に寄進しても良いでしょうか？」

「ミーナの作った魔石だ。君の自由で構わない」

「へえ？　意外だな。あまり信心深い方だとは思っていなかったが」

　そうですわね、確かにそういった様子を見せてはいませんか。

「天にまします至上の神への信仰に対して、下界での争いごとを持ち出すのは信者として相応しくないと自分自身でも思うのですが……、この国における教会のトップであるヨハンネス枢機卿が嫌なのですわ。だからかつて貴族令嬢であった頃に行っていた慈善活動も寄進も今はやめているというだけで」

　ああ……、とレクシーがうめきます。

　わたくしは、婚約破棄の日のことを語りました。ヨハンネス枢機卿がエリアス殿下からどういった密約を交わしたのかは不明ですが、彼にその場でレクシーと結婚させられたことを。

「……もちろん、結果だけ見ればレクシーは良い旦那様で、わたくしは幸せですわ。でもそれとこれとは別です。せっかくの結婚の祝福もとても雑に行われましたし」

　オリヴェル氏は面倒そうな表情を浮かべました。彼も教会や王国からの横槍は必ず入っているでしょうからね。

「なるほどな。寄進しても良いのではないか？　実際、当社は今はまだ利潤を得ていないことになっているが、今年はそうではないのだろう？　莫大な利益を得ているとなれば、教会も国もうるさくなる。その時に後ろ盾があるのは良いことだ」

「もちろん、そういった意図もありますわ」

こうして涙滴形（ドロップ）にカットされたこの魔石は、106カラット。それを手にした時のわたくしの呟きを取って、〝世界の涙（ザ・ティア・オブ・ザ・ワールド）〟と名づけられ、教皇聖下の元へと運ばれていくことになったのです。

また、この魔石の作成方法は秘されましたが、この後も主にわたくしとオリヴェル氏によって何点か作られることになります。ただ、サイズに関しては教皇聖下に敬意を表し、今回捧げることになる100カラットを超えるものは作らないことと決めたのでした。

イーナがエリアス様に初めてお会いしたのは、学校の薔薇（ばら）園でした。

そこは学生なら誰でも入れるところにあるのですが、高位貴族の令息令嬢の方たちのために整えられた場所です。イーナは後で知ったのですが。

まるで迷路のように入り組んだ薔薇園の奥、ひっそりと佇む白い四阿（ガゼボ）に、金の髪のそれは素敵な男性が、白いベンチに座っていらしたのです。

眠っているのか目を瞑り、肘掛けに肘をついて頭を支えて動きませんでした。

「……薔薇の妖精さん？」

思わず呟いたイーナの声に、ゆっくりと碧い瞳が開かれました。

紅の唇が動きます。

「妖精は君の方では？　美しいお嬢さん」

その声を聞いた時、イーナの心は大きく跳ねました。

「警備の者は……ああ、遠ざけたのだったな。お嬢さん、座るといい」

イーナはおずおずと彼の隣に腰掛けました。

「妖精さん、ありがとうございます」

「妖精ではない、エリアスだ」

「エリアス様！　イーナです。イーナ・マデトヤと申します」

こうしてイーナとエリアス様は知り合ったのです。エリアス様もイーナのことを気に入ってくれたようで、薔薇園で良く会うようになりました。

「イーナといると心が休まる」

そう言ってイーナの腿に頭を乗せてベンチに転がられることもありました。

そんなエリアス様が王太子殿下であると知ったのは少し後のこと、彼に婚約者がいると知ったのはもっと後のことでした。

イーナがエリアス様とお会いするようになって少し経つと、友達たちがイーナをなんとなく避けるようになりました。そしてイーナのペンや教科書が無くなったり、エリアス様に近づくなという手紙が鞄にいつの間にか入れられていることが増えました。

「ヴィルヘルミーナの仕業か……」

ヴィルヘルミーナ、エリアス様の婚約者の方です。

たまにイーナを呼び出して、エリアス様に会わないよう伝えてきます。そう……ですよね。婚約されているんですものね。

「ヴィルヘルミーナの言葉を聞く必要はない。イーナ、汝は余の言葉を聞け」

でもエリアス様はヴィルヘルミーナのことは気にせず、自分と会うようにと仰います。

「大丈夫だ、イーナと結ばれるようになるから」

「はい、エリアス様」

思えばこの頃が一番楽しかったかもしれません。

春の夜会のため、見たことのないような素晴らしい衣装が贈られ、マデトヤの家に王家の馬車に乗ったエリアス様が迎えにきてくれたのです。

その夜会で、エリアス様はヴィルヘルミーナさんとの婚約を破棄し、イーナを婚約者として迎えると宣言してくれたのでした。

そうしてお城に連れて行かれることとなりました。

「イーナには将来王太子妃となってもらうための教育を受けてもらう。なあに、イーナならすぐ覚えるさ」

エリアス様はそう言ってくださったのですが。

そもそも下級貴族の淑女教育と上位貴族の淑女教育、そして王太子妃教育は全くの別物だったのです。

例えばイーナのお父さんは男爵です。子爵以下の貴族は王族に直接お目見えし、言葉を交わす機会はありませんせん。つまり、王様や王妃様にご挨拶したりお話しする作法は一から学ばなくてはいけませんし、その上で王族として臣下から挨拶を受ける作法や言葉遣いも学ばなくてはいけない……。

イーナ自身も勉強に追われ、エリアス様と同じお城に住んでいるのに会える時間はとても短い。学校の時のようにエリアス様をお休みさせて差し上げたかったのですが、女官の人たちの監視があって自由に動くことはできません。

エリアス様は窶れられました。そして、イーナを見るときに悲しい表情を浮かべることが増えました。

秋、イーナはペリクネン家の養子となること、そして冬の間はペリクネンの領地で過ごすことを伝えられます。

「来年の春に戻ってきたら、イーナはエリアス様のお嫁さんになれるのですか？」

かつてエリアス様がそう仰っていたのですが、エリアス様はどうも言葉に元気がない様子です。

「あ、……ああ。そうだ」

「お待ちしていますね……いってきます」

エリアス様に抱きつきましたが、抱き締め返してはくれませんでした。

こうしてペリクネン公爵様がお義父様に、公爵夫人がお義母様になり、義弟と義妹もできました。

イーナには、なぜヴィルヘルミーナ様のお家がイーナを養子に迎えて歓迎してくれるのかは分かりませんが、とても良くしてくださいます。イーナがヴィルヘルミーナさんをこの家から追い出したようなものなのに……。

ペリクネン領、お義父様の領地についてきた家庭教師たちから王太子妃の教育を受けていますが、その合間にお義母様や義妹となったマルヤーナさんはドレスを買いに行ったり、おいしい料理やお菓子を食べに行ったりと遊びに連れて行ってくださるのです。

でも義理の弟になるユルレミさんはイーナを家族としては認めてくれないようでした。

お義父様やお義母様はそれを注意して仲良くするよう伝えてくれましたけど、普通はいきなりお姉ちゃんができたって言っても仲良くするのは難しいですよね。

エリアス様には手紙を何通も出しました。お忙しいのかなかなかお返事はくれませんでしたが、『愛している』と書かれた手紙は大切に箱にしまってあります。

「さあ、今夜は大切なお披露目だ。イーナもマルヤーナもしっかりと美しくしてもらいなさい」

お義父様がそう言ったのは今年最後の日の朝食の席でのことでした。

今夜は新年を祝うお祭りですので。

去年までは父や母と共にマデトヤの領地で領民たちと共にお祝いしていました。屋敷前の広場には篝火(かがりび)が焚(た)かれ真っ暗な闇が赤く揺らめく光で少しだけ切り取られたかのよう。そこで熱いスープと肉をいただいたり、踊ったりするのです。

しかし、ペリクネンではそうではないようでした。

「さあ、お嬢様、こちらへ」

新たに付けられた侍女の方がイーナを化粧部屋へ誘います。

お屋敷に近隣の貴族や領地の代官の方々を招いて大規模な夜会を行うのだそうです。

冬にここまでの夜会を主催して人を集められるのは王国でもペリクネン家だけ、それも今年の夜会は特に大規模になると。

「さあ、まずは全身を磨いて、そして今日のために用意された最高のドレスを着ていただきますよ」

そうして半日がかりで準備されたドレスは淡い金色を基調として腰のあたりから釣鐘状に大きく裾の広がるもので、銀糸による精緻な刺繍が施されています。ドレスに合わせてデザインされた首飾りと宝冠（ダイアデム）には大きなエメラルドとダイヤモンド、それに魔石が飾られていました。

それは王妃殿下がしているのくらい大きな粒でしたし、ドレスもイーナが着たことのあるどのドレスよりも豪奢（ごうしゃ）なものでした。

「素敵……」

思わずそう呟けば、侍女の方たちも口々に感嘆の声を上げてくださいます。

「イーナ様お美しいですわ」

「素敵です」

その時、扉がノックされる音が響きました。

「イーナお姉様？　準備は終わりました？」

マルヤーナさんの声です。

使用人の方が扉を開けると、マルヤーナさんは顔を上気させ、急ぎ足で入ってきます。

「マルヤーナさん素敵ですね」

「まあ、マルヤーナ様。可愛らしいですわね！」

マルヤーナさんは青や緑のシフォンをふわりと幾重にも重ねたドレスを着ていました。胸元にはルビーのあしらわれた金鎖の首飾り。

彼女も新しいドレスに興奮しているのでしょう。

「ふふ、ありがとう！　イーナお姉様も素敵……」

彼女の榛（ヘーゼル）の瞳がイーナのドレスを捉え、そして言葉が急に力を失います。

「マルヤーナさん？」

返事がありません。彼女は呆然と固まっているので、近づいて再び尋ねます。

「どうしましたか？」

「なっ……なんでもないわ！　もう時間よ。お父様たちのところに行かなくちゃ！」

そう言って踵を返しました。

パーティーは盛況でした。ペリクネン公爵派の貴族たちにわたしがペリクネンになったと、その関係が良好であると示したいという意図があるようです。

そしてエリアス様とイーナが結ばれ、お義父様がそれを後援すると。

乾杯の後はユルレミさんやマルヤーナさんと並んで新年の挨拶を受けました。

ちらりと横を見れば、その間もマルヤーナさんの表情は硬かったのです。

年が明けてからは寒い日が続きました。マルヤーナさんとは以前通りお話しすることもありますが、どことなくよそよそしくなってしまった気がします。寒さが僅かに緩んできた頃に、イーナたちは王都に戻りました。エリアス様がすぐに会いにきてくれ、そのままお城に戻るのかと思いましたが、まだしばらくはペリクネン家にいるようにと伝えられています。

お義母様からはお茶会に出るようにという話があり、家庭教師の人の意向もあって若い人の集まりから出席するようにとのことになりました。

ミルカ・サーラスティさんという方からの招待状が届き、お茶会に招かれることとなりました。伯爵令嬢のお友達を招いた会とのことで、あまり礼法にうるさくもないだろうと。

しかしそのお茶会の最中、ミルカさんに特別にお見せしたいものがあると連れて行かれた部屋でのことです。

「お久しぶりですわね、イーナ・ペリクネン様」

その一番奥の椅子には緋色のドレスを着たヴィルヘルミーナさんが座り、広げた扇の奥から冷たい翠の視線でこちらを見つめていたのでした。

季節は巡り、春が来ました。

再び社交シーズンが、貴族たちが王都に集まる季節がやってきたのです。

それはつまりあの婚約破棄の、あの結婚の日から一年が近づいているということになります。

春先から、ペリクネン公爵家の馬車は人を雇って監視させていましたが、わたくし自身も、元両親、弟妹、そしてイーナ嬢が乗る馬車がペリクネンの王都邸、タウンハウスに入ったことを確認いたしました。

この冬の間に、弟のユルレミからは公爵家の封によるものではなく、簡素な封筒に入った手紙が何通か送られてきていました。

おそらくは使用人たちのものに紛れさせて秘密裏に出してくれているのでしょう。

そこに書かれていたのはイーナ嬢の様子、教育の進捗。ペリクネン公夫妻が何を彼女に贈り、何を語っているか。そして彼女の思考への考察。

わたくしは罠を張ります。友人たちに声がけをして、彼女が出てくるような社交の場をセットします。別々の方から茶会や夜会の招待を。教育の進捗具合を考えてカジュアル寄りのもの中心に何パターンも。

ペリクネン公は喜ぶでしょう。彼女がそれだけ招待されたいと思うほどに価値があるのだと。

ですが、わたくしからすれば、どこに引っ掛かっても良い蜘蛛の巣のようなもの。結局、ミルカ嬢の招待、若い女性たち中心に集まるお茶会に参加の意思を示してくれました。

「意外……いや、そういう状況なのですかね」

「なにがだい？」

わたくしの呟きにレクシーが尋ねます。

「エリアス殿下と共に夜会に来るという訳ではなかったことですわ」

殿下側に余裕がないのか、それとも……。まあ都合が良いといえば良いのです。というかエリアス殿下がいると話が面倒臭いですし。

そうしてお茶会の当日。

招待客が来るより前にサーラスティ家の応接室の一つにこっそりと待機させていただきます。

ミルカ様が仰います。

「お茶会が始まってしばらくしたらイーナ嬢を連れてきますので！」

「ご協力、感謝いたしますわ。ミルカ様」

「お任せください！」

彼女は胸を叩くような仕草をして、部屋を出ます。今日の彼女は女主催者（ホステス）として招待客をもてなさなくてはいけませんからね。

シグネという侍女（レディーズメイド）の方をつけてくださったので、本や書類を読みつつ、窓からの庭園の景色とお茶の香気を楽しみます。

そして屋敷が賑やかになってしばし。

扉がノックされました。

シグネが扉を開け、ミルカ様に連れられてきたその人こそ、イーナ・ペリクネン。

「お久しぶりですわね。イーナ・ペリクネン様」

わたくしは顎を上げ、扇でそれを隠しながら彼女を見上げます。おそらく彼女の目には、見上げられているのに見下ろされているように感じることでしょう。

「ヴィ……ヴィルヘルミーナ様、ご機嫌よろしゅうございます」

そう言って彼女は淑女の礼の姿勢を。彼女の桃色の髪の頭頂部が見え、ピタリと動きが止まります。

えー……。

ミルカ嬢の方に目をやりましたが、続きを期待したようにきらきらした瞳を向けてこちらを見ているので、わたくしは扇の下でため息をつきました。

わたくしは扇を閉じ、一段低く意識した声を放ちます。

「面を上げなさい」

ゆっくりと、背筋を曲げることなく彼女の姿勢が元に戻ります。

「どうぞ、お掛けになって」

あまり多くの人目につかないようにするためでしょう。この部屋にはシグネさん以外の使用人がいないため、彼女が椅子を引き、イーナ嬢とミルカ嬢が着席します。

「本当はペルトラ夫人と呼ぶべきですが、今のわたくしは平民ですし、ヴィルヘルミーナと呼んでいただいても構いません。ただ、今の行為は許されません。ペリクネン公爵家の息女が平民に頭を垂れるとは何事ですか」

「はっ、も……」

イーナ嬢の言葉が止まる。そう、それで良い。謝罪するなどは以ての外ですから。

わたくしは口の端を笑みに歪めました。

「ただ、お褒めするとすれば所作はたいへん美しくなられましたね」

「えっ」

「それはイーナ様のこの一年間の努力の成果ですわ。誇られますよう」

「あ、ありがとうございます……！」

そう言った彼女は俯き、肩を震わせ始めます。シグネさんが近寄り、目尻をチーフで押さえました。化粧の崩れぬよう優しい手つきで。チーフが水に濡れていきます。

わたくしもミルカ嬢も彼女を慰める立場にはおりません。しばし、彼女の嗚咽(おえつ)の声のみが部屋に響きます。

「誰も、先生たちは誰も褒めてはくれなかったので……」

そして嗚咽の収まった彼女は、ぽつりとそう呟かれました。

わたくしは頷きます。それは当然でしょう。もちろん、彼女に近づいて利を得ようとおべっかを言うものは別でしょうけども。例えばペリクネン公とか。でも彼女がそれを褒められていると感じていないのもまた評価すべきでしょうか。

「女家庭教師たちが貴女を褒めない理由がお分かりになりますか？」

「王太子妃として求められている水準は、遥かに上だと。……そう言ってました」

「その水準とは何でしょうか」

彼女は俯き、首を横に振ります。

とんとん、と扇で掌を叩く音で視線をこちらに向けさせます。

「わたくしですわ」

「ヴィルヘルミーナさん……」

「まだ若輩ではありますが、わたくしは物心ついた頃から去年のあの日まで、その生の全てを王太子妃たらんとあることに捧げてきたのです。愚かなるイーナ・ペリクネンよ。貴女がこの一年間、必死に学ばれていたことはその所作、衣装の着こなしなどを見ても分かります。しかしてそれはわたくしの十数年に匹敵するものでしたか?」

イーナ嬢が微笑を浮かべました。

「申し訳ありません。かつてヴィルヘルミーナさんに愚かなるイーナ・マデトヤと呼ばれていたことを思い出しました」

わたくしは頷きます。

「そうですわね。王太子殿下に近づく貴女をそう呼び、警告を与えていました」

彼女の微笑はかつての潑剌(はつらつ)としたものではなく、寂しさを湛えるようなものです。

「イーナは……、わたしはこの一年エリアス様の横に立てるよう頑張ってきました。でもその努力がヴィルヘルミーナさんに追いつくには到底足りないものだと、かつて警告していただいた意味がやっと分かったように思います」

王宮の中心から遠かった男爵令嬢にそれを悟れと言うのは難しいのでしょうけどね。特に殿下から求められていたのであれば。

とは言え、最大限良く言えば純真ということなのでしょうが、愚かという評価は当然でしょう。

「ではこの一年で意味が分かったという上で尋ねます。貴女はこの先どうするのですか。いや……、どうしたいのですか」

どうする、と尋ねても自らの意志の通りに動ける訳ではありませんからね。

イーナ嬢の瞳が閉じられ、涙が睫毛の先から一滴零れ落ちました。

「それでも……、それでもイーナはエリアス様の隣にいたいと思います」

「なぜです」

「エリアス様を……愛しているからです」

これはかつて幾度か繰り返した問答。頑是ない子供のように変わらない言葉。

わたくしはかつてそれを愚者が愚者たる所以と断じていました。それは真でしょう。左手のファイア・オパールに目をやります。しかし今のわたくしにはそれが物事の一側面であり、覚悟とも言えると感じてしまうのです。

わたくしが口を噤んでいると、彼女が問いかけてきました。

「ヴィルヘルミーナさんはエリアス殿下をまだ愛してい……」

「欠片もありませんわ」

ミルカ嬢が吹き出しました。少々食い気味に否定したためでしょう。

「我が愛は全て、夫たるアレクシに向けられています。かつての婚約者如きが介入する隙間はありませんの」

　ミルカ嬢が続けます。

「ヴィルヘルミーナ様は、昨秋に殿下から呼び出され、妾になるよう命じられた時、自分が死んでも殿下を弑(しい)そうとする覚悟を持たれていましたから」

「妾……？」

　イーナ嬢が驚愕に目を見開きます。

「ああ、やはりご存じではなかったのですね。別に愛ゆえではありませんわ。わたくしを城に入れようとなさっただけで」

　わたくしはその件について簡単に話をしておきました。そして現在の殿下やイーナ嬢の状況についても。そしてこう宣言します。

「エリアス王太子殿下が王位に就くことはありません」

　びくり、とイーナ嬢の肩が揺れました。わたくしは続けます。

「ペリクネン家も没落させますわ。申し訳ありませんけど」

　わたくしも彼女も運命に翻弄されているのでしょうね。もちろんわたくしとて、目的地へと漕ぎ着けられる保証などないのですが。

「なぜ、と伺ってもよいものでしょうか」

「わたくしがそれを許さぬからです」

「それは……ヴィルヘルミーナ様が彼らを恨んでいるからですか？」

パチリ、と手の中の扇が鳴りました。

「恨んでいた……のでしょうね。ですが、もはや恨みはありません。ただ、わたくしと夫はこれから幸せになります。その幸せには富も名誉も付随しますが、彼らがそれを許さないのが分かっているからです」

「もし、イーナが仲を取り持つことができれば……」

否定の意を込めて扇を返しました。

「およしなさい。一つの山に二頭の竜は住まぬとの諺を知らぬ訳では無いでしょう」

わたくしと彼らが手を取り、共に栄える。そんな未来はないのです。

「わたくしが山を追われる竜なら、イーナ嬢が特に考えることはありません。愚鈍であっても王太子妃になれましょう。ですがわたくしが主となり、エリアス殿下が山を追われるとなったなら」

沈黙が部屋を支配します。そう、これをイーナ嬢に伝えておかねば。

「彼は毒杯を仰ぐことになるやも」

「それならばイーナも賜ります」

即座の答えが返りました。

「断頭台の露と消えるやも」

彼女は青褪めた表情で、それでもチョコレートブラウンの瞳をわたくしに真っ直ぐ向けて頷いてみせました。

わたくしはため息を一つ。彼女が王太子妃の地位や栄光を求めている普通の女であれば。そう思いもしたのですが。

「愚かなるイーナ・ペリクネン」

「はい」

「ですがあなたは愚かにして愛に殉じるイーナ・ペリクネンです。エリアス王太子殿下の運命がどうなるかは分かりませんが、貴女には同じ末路を辿らせましょう」

彼女は立ち上がると膝を折り、深く頭を下げました。その淑女の礼は、なぜかとても眩しく感じられました。

わたくしは天を仰ぐと、もはや交わす言葉も浮かばず、ただミルカ嬢に頷いて屋敷を後にしたのです。

そう、運命の車輪は動き出したらもう止まらぬものです。ここはわたくしたちの家。そのエントランスホールから二階へと向かう階段を上ります。

隣にはレクシー、彼にエスコートされて途中の踊り場へ。そこで身を返し、手すりの向こう、ホールを見下ろします。

こほん、とレクシーが咳払いを一つ。

「お集まりいただいたみなさん」

エントランスホールには使用人たち、オリヴェル・アールグレーン卿とそのお弟子さんたち、クレメッティ氏と彼の腹心の部下、レクシーが雇った彼同様に不遇をかこっていた平民の研究者や技師たち、そしてミルカ様たち親しい貴族の方々。

「ペルトラ家の、A&V社の、その出資者、協力者のみなさん」

大勢が熱の籠った視線でこちらを見上げています。

「我々は半年以上の間、魔石作成の技術を隠しつつ、この街で力を蓄え続けました。まずはこれまでの協力と、この重大な秘密が露見していないことに感謝したい」

レクシーが右手を胸に、左手を横にして腰を折る紳士の礼をとります。

わたくしもその隣でスカートを摘みながら膝を折り、淑女の礼をとりました。

ふふ、顔をそちらに向けることはできませんので目の端で見ておりますけども、レクシーの所作が洗練されてきていることがわかります。

拍手が起こりました。

息の揃った動作で立ち上がり、レクシーが手を挙げるとそれは止まります。

「そして今日、お集まりいただいたのは、我々のこれからについて話すためです。ヴィルヘルミーナ」

レクシーの声にわたくしは一歩前へ。

「みなさん。今こそわたくしたちの活動を花開かせるときです」

踊り場に置かれた机、その上の二つの装置を指し示します。

「夫、アレクシの開発したこの大気中魔素集積装置と高濃度魔素結晶化装置、つまりレクシー四号とミーナ十三号。これらの量産に成功しました。これを用いてペリクネン公領において活動を始めます」

ペリクネン公の一家がこちらに来る、つまり向こうの異変が認識しづらくなり、対応に時間がかかるということですわ。

わたくしは右手を頭上に掲げます。

「戦いの刻は来たれり、ですわ」

はい、という声と、おう、と掛け声が合わさりました。

数日後。

ペリクネン公領領都エスポワ、冒険者組合(ギルド)依頼掲示板。

■依　頼　名：ダンジョン研究の護衛
■依　頼　者：魔術学校講師プラッサ・クラー
■難　易　度：D、パーティー以上
■優　先　度：低
■依頼期間：～夏至まで、複数回可

■場　所：エスポワ北ダンジョン地下二階
■依頼品：なし
■報　酬：パーティー単位日当銀貨十枚で二日間
■条　件：ダンジョン内セーフティーエリアにて一泊
■備　考：ダンジョン探索時、こちらの調査したいスポットにて休息してもらいます。討伐した魔獣素材についてはお任せします。

今日は掲示板に貼られた依頼票が妙に多い。そう思って覗き込んだ冒険者の男が見たのはこんな依頼だった。

「なんだぁ、この依頼。おーい、だれか受付」

「はーい」

一人の女性がカウンターからこちらへとやってくる。

「なんかいっぱいあるけど何だこれ」

壁には似たような内容の護衛依頼の掲示が数多く貼られている。よく見ると依頼者の名前と場所などの細部が異なっているが。

例えばダンジョンの三階層であれば日当が銀貨十五枚など。

「王都の方からやって来られた研究者のグループの方が、ダンジョンの研究を大々的に行いたいようですね。その護衛を依頼されていかれたんですよ」

「ふーん、何度でもいいの?」

「調査は一度では終わらないから、数ヶ月単位で何度も行きたいとのことですよ」

「へー、研究者ってのは良くわからんな」

「どうします?」

男はぺりっと依頼票を剝がす。

「受けるよ、そりゃあ。魔獣の魔石や素材はこちらで貰っていいなら報酬分ただ儲けに近いだろ」

「そうですね、美味しい依頼だと思いますよ。ありがとうございます!」

この年、ペリクネン領ではこの依頼が冒険者たちの懐を潤した。

依頼人たちは喇叭の様な形状の検査機器をセーフゾーン、魔獣の出現しない場所に置いてみたり、あるいは魔素の濃い場所、冒険者たちの俗語で湧きポイントなどと呼ぶところに棒状の端子を突っ込んでみたりしていた。何をしているのかは誰もわからなかったが冒険者たちには好意的に受け入れられた。

彼らは魔術が使え、下手な冒険者以上に腕は立ったし金払いも良かったからである。

また領都の繁華街には『A&V簡易魔力鑑定所』がオープンし、王都のように人気となった。またこれに関してもこの地に多い冒険者たちは自らの魔力や属性が無料で知れるとあって喜んで列に並んだ。

ペリクネン領に残る代官や家令はその動きについて認識していたが、問題あるものとは感じておらず、王都のペリクネン公にも定期報告の手紙に一行書き加える程度の報告しか為さなかった。公爵は定期報告をいつも通り読み飛ばした。

そしてそれがペリクネン領の終わりの始まりだった。

◆

わたくしは執務室の椅子に座って、ペリクネン領から送られてきた膨大な報告書と、過去に見たペリクネン領の産業・経済のデータについての記憶と照合します。

耳に聞こえるのはシャッシャッとペンが紙を滑る音。

並べた隣の机ではレクシーが真剣な表情で新しい装置の製図をされています。普段は他の研究者たちと共に開発されているのですが、たまに自分の考えをまとめると言って、静かな場所で作業をされるのを好まれるのです。

今開発されているのは水中の魔素を集積するための装置でしたか。

水中にも魔物は棲息しますからね、それも海魔(クラーケン)などといった途轍もなく巨大なものまで。そこから魔素が汲み上げられればということなのでしょう。

「……奥様？」

ふふ、真剣な横顔も素敵ですわ。先日の決起の演説の時のように正装されているレクシーも素敵でしたが、やはり彼の本質は研究者。思考の海に没頭している時が最も輝いているのだと思わせます。

「……奥様、ヴィルヘルミーナ様?」

レクシーがふと顔を上げてこちらを見ました。

まあ、見つめていたのに気づかれてしまったかしら?

「ミーナ、さっきからヒルッカが呼んでるよ」

レクシーが視線を脇にやります。そちらを見ると、あら。すぐそばにヒルッカが。

「やっとわたしに気づいていただけまして」

そう言ってこれ見よがしなため息をつきました。

「あ、あら。何かしら?」

「いえ奥様があまりにも集中できていらっしゃらない様子でしたので休憩でも取られてはいかがかと」

休憩? 休憩には早いのではないかしらと時計を見れば、思っていたよりも時間が進んでいます。

「旦那様が隣にいると、おちょろあそばされる奥様の作業効率が大変落ちますね」

「む、ひょっとして仕事の邪魔をしている? 俺は研究室に戻った方が良いか?」

レクシーが驚きの声をあげ、わたくしは慌てて止めます。

「そ、そんな!」

しかしヒルッカはおもむろに首を横に振り、レクシーに礼をとりました。

「いえ、旦那様はぜひできるだけこちらでお仕事を。奥様は……旦那様もですが必要以上に仕事をしがちなのです。こうして少々ぽんこつしていてくれた方が奥様のお身体やお心が休まるかと」

「ぽ、ぽんこつとは失礼な！」

「なるほど。奥様、そちらの報告書、今何枚目に目を通されていますか？　奥様はたいへん速読に長けた方ですが」

「二枚目です……」

ぷっとレクシーの口から笑いが漏れ、わたくしはがくりとうなだれました。

二人でソファーへと移動します。ヒルッカがお茶を淹れてくれている間、せめて少しでもできるところを見せておかねばという気持ちでぱらぱらと報告書を捲(めく)っていきます。

「それで理解できているの？」

「詳細に覚えられる訳ではありませんけど大まかなところは。それに報告書の書式を統一してくださっているので非常に読みやすいですわ」

魔術学校の方でなのか、オリヴェル氏が統一させているのかは分かりませんが、読みやすいのは確かです。

「お茶が入りましたよ」

ということなので書類を下げさせます。

レクシーはその間に砂糖壺を手に、わたくしのカップに二杯、ご自分のカップに一杯の砂糖を入れました。

そうしてお茶を飲みつつ報告書の内容をお話しします。

「ダンジョンでの魔素吸収ですが、やはり王都で行うよりも明らかに大きな魔石が短時間でできる傾向にありますね。場所による濃淡はあれど下層の方が魔素濃度は濃いと。魔石の採掘量に関して影響は今のところなし。特に低階層でですが、魔獣の出現頻度が一時的に減った傾向にあると」

「まあ、細かい数値は見ないと分からないけど、概ね予想通りかな」

この出現頻度が減った理由がわたくしたちが魔素を吸収しているからなのか、冒険者たちが張り切って魔獣を狩ったからなのかはまだ判断できませんからね。

「ですわね。ペリクネン公領を倒すのであれば、一番簡単なのはあの地の魔素を奪い続け、何もしない。ただそれだけですわ」

「どうなる?」

わたくしは予め考えていた通りの言葉をなぞるように言います。

「まずは新たに出現する魔獣の数が減り、質が下がる可能性が高いですわね。そうするとA&V社の研究者も冒険者を雇わずにダンジョンの奥へと進めるようになりますわ。ダンジョンで採掘をする坑夫もそうでしょう。そもそも魔石狩りの効率も下がれば、あの地の冒険者の収入が激減することになります」

「ふむ……」

「冒険者には英雄と呼ばれるような方もいらっしゃいますが、その多くは食い詰めた傭兵のようなもの。野盗化、略奪、治安が大いに荒れるでしょうね」

「冒険者たちが新天地に移動した場合は?　ペリクネンのダンジョンが最も多くかつ比較的安全に

魔石が手に入るというのは知っているが、他の土地のダンジョンや辺境、隣国などで稼ぐこともできるだろう」

「その移動の苦労や資金を下位の冒険者が捻出できるとは思いませんが、確かに組合が貸し付ける、移動の補助をする可能性もありますわ」

「ああ」

わたくしはカップをテーブルに置き、レクシーを見つめます。彼の茶色い瞳もじっとわたくしを見つめ返しました。

「簡単ですわ。彼らがいなくなった後に魔素の吸収を止めれば良いのです。ダンジョンからは魔物が溢(あふ)れ、坑夫は、町は壊滅的な打撃を受けるでしょう」

驚きをのせた表情、わたくしはそれを見ていられなくて俯きます。

「け、軽蔑されますか。わたくしの頭はこんなことばかり思いつくのです」

レクシーはそんなわたくしの背に手を回し、抱きしめました。

「そんなことはないさ。ミーナがそれを望んでいないのは分かっているから」

……見透かされてしまっている気がします。貴族令嬢であり、王太子の婚約者であったかつてはそうではなかったのに。

「うぅ……はい。できれば職にあぶれる冒険者をこちらで雇用したいなと」

「すればいいさ」

「これは本来なら不要な手筋です。それに裏切りの可能性も」

言葉を最後まで言う前に、レクシーは言葉を被せました。

「ミーナがしたいこと、全てしてもらって構わない。誰にも遠慮はいらないことだよ」


王城における余の居城、その門の前に止まったペリクネン公の馬車よりイーナが姿を見せる。

ペリクネン公に与えられたのであろう黄色を基調としたドレスは、彼の地の特産である魔石により煌びやかに飾られていた。

かつてのように馬車に取り付けられた小階段を駆けるように降りて、余に飛びついてくるかとも思ったが、そのようなこともない。

ペリクネン公の実子ユルレミにエスコートされて馬車を降りると、落ち着いた声で言った。

「王国の尊き暁たるエリアス殿下に、イーナ・ロイネ・ペリクネンよりご挨拶申し上げます」

そしてイーナは余の前で淑女の礼をとった。

ユルレミもまた紳士の礼をとる。彼はかつては余の側近候補のように従っていたが、ヴィルヘルミーナを排してより、明らかに避けられるようになった。

「……うむ、よくぞ参った。ユルレミ殿もご苦労であった」

イーナの挨拶の作法は間違っていない。確かに彼女は無邪気な振る舞いもしていたが、昨秋でも礼儀作法はある程度身についていたし、ちゃんとした礼ができることに不思議はない。

だがなぜか余はそれに心を乱される気持ちであった。

イーナがいなかった半年弱、父である王陛下からはあまりとやかく言われないようになっていた。それは余が王太子としての務めを果たしていたということなのか、王太子として期待されなくなったのか。

彼女が城に戻ってすぐ、イーナの評判が女官たちの間で上向いているという報告を受けた。しばらく王城から離していたのは、抱かれていた悪感情を一旦打ち切らせるという意図もあったので、これは想定通りだ。

……だが。余の思うよりも随分と早くあるように思う。

余はペリクネン公領にも帯同させたイーナの女家庭教師を呼び出してその旨を尋ねた。

「それはイーナ嬢の所作や言葉に魂が宿ったからにございます」

「魂。……抽象的な表現だな」

「王太子妃、ゆくゆくは王妃となられる覚悟ができたのでございましょう。礼ひとつとってみても、そこに意味も考えず言われた通り、型通りに頭を下げているのと、それを理解しようと努めているのでは、単に所作が洗練される以上の違いがございますれば」

「なるほど……。ペリクネン公爵家で何か心情の変化が？」

そう言うと女家庭教師は困ったように眉をひそめた。

「そうではないと思うのです。王都に戻ってから登城するまでのひと月にも満たない期間のことかと。おそらくはお茶会などに参加して、良い影響を受けられたのかと思いますわ」

ふむ、なるほど。それを聞き、余は女家庭教師を下がらせた。

そしてその日のイーナとの個人的な茶会において、彼女にそのことを褒めようとした矢先、彼女から突然話を切り出された。

「ヴィルヘルミーナさんを王城に呼びつけたと伺いました」

カップを持つ俺の手が震え、クロスに小さい染みを作った。

バカな！　なぜイーナがそれを知っている？

俺は慎重にカップをソーサーに戻して彼女に問う。

「……誰から聞いた？」

「人の上に立つものはより遠くが見え、逆に遠くからも見られるものです。そう教わりました」

その通りだ。確かにその通りであり、誰から聞いたかと言うのは些事(さじ)に過ぎない。だがらしくない、イーナらしからぬ言い方だ。

いや、余が彼女に疑心を抱かせてしまったゆえか。彼女は続ける。

「エリアス殿下。わたしは理解したのです。イーナは王妃にはなれないと」

「違う！　ヴィルヘルミーナを呼びつけたのは、あの女を余の婚約者に戻すためではない！　イーナを王妃にせんがためだ！」

「存じております。ヴィルヘルミーナさんもそれを望んでいないと。あの方は死を覚悟して殿下の前に立った。そう聞き及んでいます」

「馬鹿な！　……ヴィルヘルミーナがそんな女であるものか。だがお前を不安にさせたことは謝罪

しよう。余の妻は、イーナ、お前しかいない」

彼女は笑みを扇の後ろに隠した。

「嬉しゅうございます」

「……イーナ」

脳裏に、『嬉しいっ!』と満面の笑みで抱きついてくる彼女の姿が浮かんで消えた。

これが彼女の成長だとは分かっている。かつて言われたようにこの個人的な茶会とて壁際の女官たちが採点しているため、これが正しいということも。

喉の奥を苦いものが滑り落ちていく気がする。

「わたしが王太子妃として立つためには、あるいは王太子妃となれなくともそうであろうとする限り、殿下の愛してくださったイーナではいられないと」

彼女の愛らしいチョコレートブラウンの瞳が、一瞬、余の嫌ったペリドットに見えた。

「愛しています、エリアス殿下。これまでも、これからも。あなたが王太子でなく薔薇の妖精様であったなら……いえ、それは不敬でした」

そう言って寂しそうに微笑んだ。その笑みは透徹（とうてつ）としてとても美しかった。

だが、余は……お前をそのように笑わせたかったのでは……ない。

第八章：教皇聖下と特許申請

「しかし、教皇聖下に寄進というが、そんな簡単に受け取って貰えるものなのかな？」

レクシーが尋ねます。

夜、〝世界の涙〟と名付け研磨されカットの施された巨大魔石を前に二人でお酒を嗜んでいたのです。王侯貴族にもできない贅沢。平民になってからこんなことができるとは。

さておき質問ですがなるほど、確かにそう思うのも当然かもしれません。

「平民は王族や上位の貴族と会うことや話すことはできない。これは平民たちが思う一般的な認識であるかもしれませんが、実のところ必ずしもそういう訳でもないのです」

「ああ、商家とかはそうだよな。平民であっても貴族の屋敷に出入りするるか」

もちろん東方の帝国などではそういった身分制度に厳しいところもありますし、我が国にもそういった思想の者がいることは否定しません。

レクシーの言う商家であれば、王家御用達などというのもありますしね。

わたくしはそのようなことをレクシーに説明していきます。

「ではここで問題ですわ。面識のない教皇聖下に平民がすぐに会えるものでしょうか？」

「……それは、とても難しいんじゃないか？　ミーナが寄進するというからには可能なのだろうが」

「ふふ、裏道がありますの」

簡単な話です。冒険者が手にした真に素晴らしい宝物を持って直接寄進したいと言い張ること。これだけですわ。

世界は危険と未知に溢れ、そして極小の可能性ではあるといえ、無位無冠の者が、ある日突然莫大な価値のあるものを手にすることがある。そして彼らは待たされるくらいなら、自由にそれを隣国なり別の場所に持っていってしまう可能性がある。

「つまり冒険者に持たせればいい？」

「そういうことですわ。もちろんそれが直接献上するに相応しいものでなくてはなりませんが、100カラット超の魔石なら充分すぎます。それと礼儀作法ができないとお話になりませんから、そこは別の者、家令のタルヴォを共に遣わせましょう」

レクシーが額を叩く。

「ひょっとしてペリクネン領の冒険者を雇おうと言い出したのって……」

わたくしは肩を竦めて笑みを浮かべます。

「魔石関連の事業を始めた時から、いつか使える手とは思っていましたのよ。その時はまさか聖下に寄進できるほどの魔石ができるとは思っておりませんでしたが、例えば王城に入る手段の一つでもあるとは考えていました」

「参りました、敏腕なるヴィルヘルミーナ副社長」

「光栄ですわ、天才開発者のアレクシ社長」

そう言い合いながら杯を掲げ、グラスの縁と縁を触れ合わせました。

こうしてA&V社で雇ったペリクネン領の冒険者の中から、貴族の護衛経験もあるという女性中心の四人組のパーティーを一つ王都に呼び寄せました。

彼女たちに最低限の礼儀作法を特訓させます。そして道中でもタルヴォに教育させながら教皇領へと派遣することになりました。

106カラットの魔石を厳重に包んだ箱と、わたくしからの手紙を携えての旅路。

その手紙にはこんな一文を仕込んでおいたのです。


『弊社の置かれた国、パトリカイネンにおいて。

偉大なる神のご威光が、高きところの翳(かげ)りにより、地の隅々まで届いていないのかと感じます。

それ故にわたくしはこの魔石が涙の形をして生まれたのかと思い、これに〝世界の涙〟と名付けました。

そして現世における最も尊き代行者たる、ナマドリウスⅣ世聖下の元へと献上させていただいたのです。

もし尊き聖下の御力で、偉大なる神のご威光がこの地に溢れたのであれば、我々は〝世界の歓喜〟と呼べる魔石を捧げて見せましょう』

もちろん真っ赤な嘘です。

魔石が涙滴型なのは単に自重で垂れているだけに過ぎません。

この文をそのままの意味で取れば、我が国に神の威光が取り戻された時、新たに〝世界の歓喜〟という魔石が生まれるように見えます。

しかし、そんな奇跡を現世における神の代行者たる教皇聖下が信じるか。もちろん否ですわ。

この文を見れば、こう思うはずです。

教皇聖下が我が国にやってきて、上層部の翳りとなってるところを排除してくれるなら、対価として既にある同等の魔石を差し上げますと。

ええ、わたくしたちの手元にはオリヴェル氏による雷属性１００カラット魔石がありますからね。

今、宝石職人が必死に研磨してますわ。

なんなら次の巨大魔石のためにわたくしもオリヴェル氏も魔石を溜めているところですもの。

そして数ヶ月後には、教皇領より使者がパトリカイネン王国を訪れました。

この秋、教皇ナマドリウスⅣ世聖下が我が国に行幸いただけるとの吉報を公示人が街の広場で高らかに告げると、王都の民は歓喜に沸いたのです。

そんな初夏のある日のことでした。その日は午後から屋敷でミルカ様とお茶を楽しんでいたのです。

「奥様、ご歓談中、失礼致します」

家令のタルヴォが困った表情をして話の切れ目に声を掛けてきました。

「先触れなき客人がいらっしゃいまして……」

先触れもなく来るという非礼をしている相手でありながら、貴族令嬢のいるこの歓談中にわざわざ連絡するとは。

わたくしは彼女たちに断りを入れると、口元を扇で隠してタルヴォに尋ねます。

「どなたかしら？」

「マルヤーナ様です」

なるほど。かつての妹ですわね。以前街中で一度会いましたが、こちらに来るのは初めてですわね。先触れなしでの訪いなどまともな令嬢ならしないものですが、公爵令嬢に使用人が非礼を咎める訳にもいきませんか。

「お茶会に参加したいと仰っていて？」

「いえ、内密の話を求められている様子です」

ふむ。

わたくしはきりの良いところでお茶会を中座させていただき、マルヤーナの待つ応接室へと移動します。

「マルヤーナ様、ご機嫌麗しゅうございます」

「ヴィルヘルミーナ、その……久しぶり……ね」

遅いと叱責がとんでくるかと思っていましたがそうではありませんでした。

彼女は夏めいた爽やかな色合いのドレスを着ていますが、その顔色や口調には元気がありません。彼女の前の机にはよく冷やした果実水が置かれていますが、少し口つけられただけで、グラスが汗に濡れていました。

わたくしは彼女の前に座ります。

「ええ、お久しぶりです。ただ、当家にお越しになるなら、できれば先触れをお願いしたいものですが。他の貴族家からのお客様もいらっしゃいますので」

「し、仕方ないでしょう！　……秘密で来たのだから！」

秘密ですか。タルヴォは彼女が内密の話を求めている様子と言っていました。秘密と言っても彼女の交友関係など限られていますから、両親に知られたくないという意味でしょう。

それでも信頼できる使用人を秘密の使者とすべきですが、彼女にはその手駒がいないのでしょうね。まあ、仕方ないことですが。

「畏まりました。それではその秘密のご用件とは何でしょうか」

彼女は言いよどみます。視線が過去を思い返したり言葉を探すように振られました。

わたくしは背もたれに背を預けます。せめて最初の言葉くらいは考えてから来てほしいものですわね。

「あの……わたし、お父様にとってなんなのかなって」

ふむ、それをわたくしに問いますか。まあ、なぜそんなことを言い出したのか想像はつきますが……。こちらからそれを忖度して問う訳にはいかないのよね。わたくし平民なので。

「実の娘ですね。良く似ていらっしゃると思いますわよ」

当たり障りのない返答をします。実際、瞳や髪の色が同じですしね。母似であったわたくしやユルレミよりもずっと父に似ています。

「そうなんだけど！　……そうじゃなくて」

彼女は一度大きく声を上げてまた尻すぼみに声が途切れます。随分と気持ちが沈み、思い悩んでいる様子ですわね。

わたくしはパチリ、と扇を鳴らします。彼女がはっと顔を上げました。

「マルヤーナ様、一つ宜しいかしら」

「え、ええ」

「貴女がわたくしのところに来たということは、身の回りには相談できる相手がおらず、かつての姉であったわたくしに尋ねるしかなかったのだと分かります。たとえ見下していた相手であってもね」

気まずそうに目が逸らされました。わたくしは続けます。

「ただ、この相談に答えることはできないのです」

「なんでっ!?」

「不敬であるからです。平民のわたくしが公爵家当主の考えを想像して語り、公爵家令嬢に助言などできるとお思いですか？」

マルヤーナはしばし考え込んで言いました。

「不敬を問うことは決してしないし、絶対に秘密にするわ。そもそもわたしがここに来たのも秘密なんだし。その上で、虫のいい話だとは思うんだけど……。お、お姉様であると思って頼んでもいい？」

わたくしは溜め息を一つ。虫のいい話ですわね。断っても構わないというか、本来ならば断るべき話ですが……。

貴族としての鎧を失った今のわたくしには、懐に入った窮鳥（きゅうちょう）を撃つような真似はできない。

「ではマルヤーナ」

「……はいっ」

彼女の背筋が伸びました。

「あなたが言いよどんでいることは想像がつきます。大方、イーナ嬢を自分よりも父が優遇していることに対して疑問と不審を抱いたのでしょう」

「何で分かるのっ？」

「それくらい貴女がこの時期にわたくしのところに来てそんな顔をしていたら分かります。ただ、貴女がそう思った切っ掛けは何かまでは分かりませんから、それを言いなさい」

マルヤーナがぽつぽつと喋り始めたことによると、新年会でのドレスの意匠（デザイン）からそれを感じたと。

つまり、ペリクネン公爵家からわたくしがいなくなったというのに、主役がマルヤーナではなくイーナ嬢であった訳ですわね。

新しいドレスを貰って喜んでいたら、イーナ嬢を引き立てるようなものだったと。なるほど。

「その後、お父様にわたしの婚約者はどうするのかとか、社交界デビューの話がどうなってるかって聞いたのに、はぐらかされるし……」

「そうね、貴女ももうすぐデビュタントだものね」

わたくしはぐいっと身を乗り出して続けます。

「それで、マルヤーナ。貴女、公爵家令嬢として社交界に出るに相応しい教養と礼法を身につけているのかしら？」

マルヤーナと彼女の母がペリクネン公爵家に来た時から、ずっとわたくしが彼女に言い続けていたことです。

彼女はそれをずっと五月蠅いと聞かずに過ごしていましたけど。

「お父様は！　何も勉強なんてしなくていいって……」

声を荒らげましたが、その声は尻すぼみに消えていきます。

わたくしは彼女に対する評価を改めます。父の言うそれが誤りである、あるいは彼女のためにならないことであったと、気付いたのでしょう。

「ご自身で学びの必要性を理解されましたか」

マルヤーナは小さく頷きました。

「なぜ父は貴女に勉強もさせることなく甘やかしていたのだと思いますか？」

「……お父様は、マルヤーナは可愛いんだからヴィルヘルミーナお姉様のように勉強しなくていいって。でも違うのよね」

「ここから先は想像の話になります。それでも聞きますか?」

今度ははっきりと頷きを返します。

「おそらくですが、ペリクネン公、わたくしのかつての父は自らの権力にしか興味がないのです。それゆえにまずはわたくしをエリアス王太子殿下と婚約させた。王の義父となるために」

マルヤーナは真剣な顔でわたくしの言葉を聞いています。ふふ、彼女のこういった姿を見るのは初めてですわね。

「ですが、わたくしは殿下に愛されなかった。もっと言えば嫌われてすらいた。そうでしょう?」

わたくしは自嘲の笑みを浮かべます。

「……なんとなく分かるわ。エリアス殿下、お姉様と話していて楽しそうじゃなかった」

そうですわね。彼女も見ているはずです。婚約者同士の親睦のため、公爵家でわたくしとエリアス殿下がお茶を喫している時など、何度かマルヤーナが乱入してくることがありましたし。

「貴女、ペリクネン家に来て比較的すぐの頃から、何度も殿下にお会いしているでしょう?」

「うん」

「あれは貴女の意思でした? それとも誰かの指示でしたか?」

マルヤーナは思い出そうとするように考えます。

「使用人たちが……会いに行くようにって」

「つまり父に誘導されてということですわね」

わたくしと殿下の親睦の場に、使用人が勝手にマルヤーナを介入させようとするなど有り得ませんから。

「……お父様に殿下と会った後にどんな話をしていたか、どんな様子かとか尋ねられたわ」

そうでしょうね。わたくしは頷きます。

「わたくしが賢しらな女でエリアス殿下と仲が良くない。それ故に、貴女に乗り換えさせようとしたのです」

「わたしをエリアス殿下と？」

信じられないという表情。

わたくしは溜め息を一つ。ああ、この反応でも分かるわ。彼女は完全に父の被害者よね。

「貴女に教養と礼法を身に付けさせなかったのは、エリアス殿下がそういう女を好むかもしれないと父が考えたからよ。良く言えば天真爛漫な、悪く言えば頭の足りない女をね」

「そんな……！」

彼女の顔が色を失います。そう、愛ではないの。

「でもエリアス殿下と貴女が愛し合うことはなかった。そこで父はまた方針を変えたのでしょうね。エリアス殿下が愛した女を養子にすると」

「……それが……イーナお姉様」

わたくしは頷きます。

「一応言っておくけどイーナ嬢はこれを知らないわ。彼女は王太子ではなく、ただエリアスという人を愛しただけ。そしてそれはエリアス殿下にとって掛け替えの無いものであった」

そう、それはわたくしには出来なかったこと。わたくしはエリアス殿下を愛そうとし、支えてきましたけど、それは次代の王であったから。エリアスという人を見ていなかったとまでは思わないですけど、王太子というその地位は常に付随していたわ。

「お父様がそれをしていると、……お母様は!?」

「貴女の母は自らの贅沢にしか興味がないでしょう。……無害な方だわ」

そして無価値、とまではマルヤーナのために言わないでおきましょうか。わたくしは言葉を続けます。

「陰謀はペリクネン公と、公爵派の一部によるものでしょうね。イーナ嬢のマデトヤ家もそうでしょう」

だってイーナ嬢の実の両親の話が全く聞こえないのですもの。両親が生きているのにこんなにすぐに養子が通ると言うのは、予めペリクネン公との密約があったから。

父は正直言って領主としては有能ではないと思うわ。でも派閥の領袖(りょうしゅう)としては優れているのでしょうね。もちろん魔石という莫大な資産あってのことですが。

「わたし……どうすれば」

マルヤーナが呟きます。そう、彼女にとって大切なのは自身の今後について。ちょっと話が逸れてしまったかしらね。

「貴女の父は今回の件が落ち着いたら貴女のことを再び気に掛けるはずよ。今年の新年会ではどうしてもイーナ嬢を自分の娘として紹介する必要があったから差がつけられたけど、貴族の考えとしては当然のことだわ」

敢えてそう言ってみます。

「でも……」

彼女の言葉が止まります。そう、彼女は考えている。歪んだ鳥籠に囚われた飛ぶことを知らぬ小鳥が、飛び立とうと模索しているのです。

「ヴィルヘルミーナお姉様は初めて会った時から完璧だったわ。その……礼儀とか。それでも勉強をずっとしてた」

「まあ、そうね。完璧とは思わないけど」

「お父様はわたしにはそんなの必要ないって言ってたけど、それでもイーナお姉様も勉強していたの。全然ヴィルヘルミーナお姉様より下手なんだけど……それでも頑張っていたの」

わたくしは頷きます。そうでしょうね。イーナ嬢は男爵家の出身で初めに会った時は本当に拙い所作でした。それでも先日会った時は随分と良くなっていた。エリアス殿下のため、必死に努力しているのでしょう。

「わたし、きっと勉強しなくちゃいけない」

わたくしは口元を扇で隠しました。思わず笑みが浮かんだためです。

「貴女に学ぶ気があるなら、ユルレミに頭を下げなさい」

「で、でもユルレミ兄様はわたしのことなんて嫌いで、目も合わせてくれないわ」

「当然でしょう」

「え……」

「貴女、わたくしやユルレミのことを見下していたでしょう？　父母にそう誘導されていたのは分かるけど、好かれる要素があったとお思いですか？」

　彼女は悄然と項垂れます。

「ないわ……」

「大丈夫、手紙を書いてあげるからこっそり渡しなさい。そうすれば、絶対に良くしてくれるわ」

　わたくしはそう言って使用人にペンと便箋を持ってきてもらい、その場で文をしたためました。

「……ヴィルヘルミーナお姉様がわたしを助けてはくれないの？」

「わたくしはペリクネンから勘当されているのよ？　それがペリクネン公爵令嬢である貴女を、それも不仲とされていた貴女を救えると思うかしら？　今回の一度くらいなら貴女が我儘を言いに来たとでも言えますが、これが続いたら周囲はどう思うかしら」

「そう、秘密……秘密なのよね」

　彼女は頷きます。

　わたくしは手紙に封蠟をして立ち上がり、彼女に差し出します。彼女も立ち上がってそれを受け取りました。

「貴女とわたくしが今後会うことはほとんどないでしょう。それでも、貴女のことはずっと気にかけておきますわ。わたくしの妹、マルヤーナ」

「う、うん……、はいっ」

わたくしは彼女に向けて淑女の礼をとります。わたくしにできる最も美しい所作を意識して。それが餞(はなむけ)となるように。

「それではマルヤーナ様、ご機嫌よう」


税制というのは常に社会の発展としての経済活動に遅れるものですわ。

貨幣経済が発展していない古代、税とは物納と賦役(ふえき)でした。自らの土地で収穫した穀物の一部を納め、公共事業、例えば治水のための労役を行わされる訳ですわね。

貨幣経済が発展して、直接生産を行わず取引を行う商人階級が増え、そこから税を取るために市場税・入市税・関税・営業免許税などを課すようになると。

さて、ではわたくしたちA&V社には何の税が課されるのでしょうか。

わたくしたちは市場で『何も売っていない』のです。王都内だけで魔石を動かさなければ関税もかかりません。ちなみにペリクネン領で作成した魔石はまだそこまで移動させていませんし、一部の持ち運びには冒険者を利用しています。彼らは冒険者組合により収入を天引きされるという形で納税していますが、代わりに武装と移動に関する特権を有しているためです。

商業活動を行わない前提で関税や入市税が不要であると。

そう、つまり現行の税制でわたくしたちは、A&V社は捕捉できない。

公的記録の残る収入、例えば魔術学校などに魔力の多い人間の情報を売ること、もちろんこれは申告していますが、会計上は測定器の開発費と相殺している形ですから、ほぼ無収入となっています。

ではこの屋敷や使用人はどう雇っているのでしょう。

これは王都中央銀行からの借金と、後援者（パトロン）からの寄付という形で運用しています。

魔石をクレメッティ氏に売却ではなく預け、それを担保に借金をしているのですね。わたくしたちが魔石を作っていることはまだ明らかにしていませんから。

徴税人を長期的に騙すことはできないでしょう。借金を無限に行える訳ではありませんし。ですが短期的、具体的には昨年の税収を騙すだけならこの上なく有効ですわ。

………さて。

「みなさん」

先日のように屋敷のエントランスホール脇の階段の踊り場に立ち、階下のホールに集まる者たちに声をかけます。

「A&V社の忠実なる社員たるみなさん」

先日と異なるのは、まず今が夜半であること。シャンデリアの魔石灯は消され、街の灯りもほとんど消えた静寂の時間帯。吹き抜けとなっているホール上部の窓から落ちる冴え冴えとした月光と、ホールの壁際にいくつか灯された灯りが、闇の中に彼らの影を浮かび上がらせます。

「狩りの時間ですわ」

そしてもう一つ、ここにいる者たちは全てが戦える者だということです。

ヤーコブはじめ、護衛たち。正規の護衛ではないですが、いざという時に主人を守れるよう武術の心得のある使用人。オリヴェル氏と一門の魔術師。社で雇った冒険者、特に斥候職のもの。

今宵に限ってはレクシーですらもこの場には連れていません。彼の手は、未来を創る彼の手は、わたくしのように血塗られてはならないのだから。

「命令は一つ」

答えはありません。夜襲に声を出すような愚か者などいない。

集まる者たちの熱気が揺れたような気がします。

かつてイーナ嬢を殺そうとした時、父の使っていた暗殺者など雇うべきではなかった。今ならわたくしも至らなかったと分かります。

志を同じくして、訓練された集団。必要なのはこれでした。

「わたくしたちをこそこそ嗅ぎ回る鼠（ねずみ）たちに死を」

そう、わたくしたちが今まで騙していたのは徴税人ともう一つ、それは王家の影などと呼ばれる者たち。

王太子によって身分を剝奪されたわたくしが、王家に叛意（はんい）などないと、最初は慎ましやかに、途中からはミルカ嬢ら王都の若い貴族の令息・令嬢たちと交流など持って、大人しくしているよう見せ続けていたのです。

「鼠たちには魔石粉を使用して標識（ビーコン）となる術式をかけてあります」

無料魔力鑑定所とて、見方を変えれば慈善事業です。貧民街に近いところから始めたのも、餡を配っているのも平民への施しに見えるでしょう。

利潤があまり出ていないのも、商売が下手に見せるための偽装でもあります。

「そしてその居場所は有り余る魔力で探知術式をかけ、捕捉し続けています」

砂のように細かい屑魔石を屋敷の周辺に散布してあるのです。付着したそれらの位置をオリヴェル氏の一門の方々に探知術式でどのように移動しているか長期に亘って調べて貰いました。

普通であれば誰もこんなことはできませんわ。魔力がどれだけあっても足りませんもの。

でもここには無数の魔石があり、必要な魔力を補えますからね。

「隠れている場所の分かった鼠など、何の脅威にもなりませんわ」

ですがこれからの仕事は舞台の表に出なくてはいけませんから。

必要なのは無理な偽装を続けることではありません。彼らの目を、手を潰すことです。

「後は仕上げに狩り取るだけです」

わたくしは口元を隠す扇を閉じ、鮫のように歯を見せた笑みを彼らに晒して宣言します。

「行け」

王都に猟犬が放たれました。


ソファーに座るわたくしの横にはレクシーがいて、手を握ってくれています。彼の肩に身を預けるようにしてうとうととしてしまいます。

ええ、昨夜は結局寝ていませんもので。午後のおやつをレクシーとご一緒している時につい眠くなってしまいましたわ。

「ミーナ、寝てしまっても構わないんだよ？」

「いえ……」

レクシーが肩に手を回し、ぽんぽんとゆったりしたリズムでわたくしの身体を叩くと、瞼がだんだんと重くなっていきます。

意識はしばし薄らとした覚醒と睡眠の間で彷徨い、レクシーの体温がより深い眠りに誘うのですが、……部屋の中でごそごそする音でふと目が覚めます。

「……狩りの時間ですわ」

ヒルッカの声。わたくしの目の前で、なぜかヒルッカが台の……ひっくり返した葡萄酒のケースですわね……上に立ち、使用人たちと向かい合っています。

「命令は一つ。わたくしたちをこそこそ嗅ぎ回る鼠たちに死を！」

彼女はにやりと笑みを浮かべ、びしっと扇で入口を指します。

「行け」

使用人たちから拍手。

「ミーナ様かっこいーー！」

「なかなかあの台詞は言えない」

「すごい」

「これは演劇にすべき」

わたくしの頭が僅かに揺れます。レクシーが音を立てないように拍手しているからですわね。

「………いや、ちょっとあなたたち!?」

「あ、奥様。おはようございます」

「ええ、おはよう……じゃなくて、なにをしてますの?」

ヒルッカは首をゆるりと傾げます。

「ミーナ様ごっこでしょうか」

「ミーナ様ごっこ!?」

ヒルッカは木箱の上で綺麗に腰を折ってお辞儀をします。

「奥様の勇姿を旦那様にお伝えせねばと」

「ちょっとまっ……!」

止めるべく立ち上がろうとすると、レクシーがわたくしの腰と腕を取って座らされます。

「俺が頼んだのだよ。昨夜、何をしてたのか、詳細を教えるようにと」

「し、知らなければ何の責任もないですのよ?」

彼は首を横に振り、茶色い瞳で見つめてきました。

「ミーナが何をしたのか知るべきだと思う。夫として」

レクシーの視線が逸らされ、ヒルッカの方へ。続けて、との言葉に頷いた彼女の前で、後ろ手に縛られて地面に跪かされた振りをしたセンニが、憎々しげにヒルッカを見上げます。

「このような真似をしてタダで済むと思うな……!」

やめてぇ……。

「このような真似をしてタダで済むと思うな……！」

わたくしはエントランスに椅子を持ち込んで、夜襲の情報を聞いていました。作戦本部のようなものですわね。

明け方も近くなった頃、わたくしの前に引き摺り出されてきたのは壮年の男。額を切ったのか雑に血の染みた包帯が頭に巻かれて連れてこられます。後ろ手に縛られた彼はそう言ったのです。

「あら、ご挨拶ですわね」

彼は王家の影たちの長とは言わずともわたくしの監視をしていたリーダーなのでしょう。それを可能なら捕らえてくるように伝えていたので。

部下たちが優秀で何よりですわ。

「ヴィルヘルミーナ、仮にもペリクネン公爵家の娘であり、王太子殿下の婚約者でもあった貴様が王家の影たる我らに歯向かうとはどういう意味か分かっているのか！」

わたくしは立ち上がり、頬に手を当てます。

「貴族なればこそあなたたちを尊重しても良いですが、平民のわたくしにとってそれがどんな価値があるのやら存じ上げませんわ」

「貴様ぁ！」

激昂には高笑いで返しますわ。

「だってあなたたち、平民の手で壊滅するような有様ですものねぇ？　そんな無様を晒して恥ずかしくないのかしら。いえ、そもそもわたくしたちがそこまでの力を付けていると気づけていないとはとんだ節穴ですわね」

男の顔が怒りに赤黒く染まります。

「我らを殺しても他に影はいる、そして王家は貴様を許さぬぞ」

「ふん、承知の上ですわ。王家の影が、真に王家に忠実な長い手であれば良かったのです。ですがその手は腐敗した」

「愚弄するか！」

「イーナ・マデトヤ嬢の暗殺の阻止、わたくしの名誉を貶めて彼女を讃える流言。前者はともかく、後者を王が不在の時に行ったのは何故？」

「……王太子殿下もまた尊きお方、彼の命とあれば従うのが当然だ」

「愚か者め！」

わたくしは扇で彼の頬を打ちます。

「王太子妃教育を受けた者にそのような虚言が通じはせぬ！　王位継承の争いで余計な血を流さぬため、影は手出し不可である事を知らぬと思うな！」

答えはない。わたくしは椅子に座ります。

「王国のためでなく王太子のために動いたという段階で、汝らの忠誠とやらは無価値よ。エリアス殿下の方が傀儡（かいらい）向きと貴族に雇われでもしたのかしら？」

「ふん、知らんな。拷問などされたとて何も話さんぞ」

「……そういえば東方では飢えた鼠を尻の穴から入れて、腑(はらわた)を食い散らさせる拷問というのがあるらしいですわね」

周囲の者たちの顔が青褪めます。

「ふん。わざわざそんな面倒なことはやりませんわよ。殺しなさい」


ミーナ様ごっこなる演劇のようなもの。

わたくしは止めようとしたのですがレクシーに抱き止められて、結局最後まで見せられることになりました。

わたくしは顔を押さえ、ぷるぷると震えるばかり。

「うう、もうお嫁に行けない……」

「もう行ってるから大丈夫ですわ」

そう言いながらヒルッカがぱたぱたと扇で風を送ります。火照った顔を冷やせとでも言うのでしょうか。

うー……、わたくしはぺちぺちとレクシーを叩きます。

「凜々しくて良かったよ、ミーナ」

「そ、そうですか……?」

ヒルッカが顔をキリッとさせて扇を前に。

「行け」

レクシーが思わずといった様子で笑い出します。

もう！　もう！

ぼふぼふとソファーのクッションで彼を叩いていたのですが、ヒルッカに取り上げられてしまいました。

レクシーが問いかけます。

「……それはともかくとして、ミーナが王家の影、要は密偵だよな。それを排除したのはなぜだったんだ？」

ふむ。そうですね。

「まあ単純に王家の影が嫌いだったのですが……」

「うん、そうだな。言い方を変えよう。なぜ今だったんだ？」

「これから商いを広く行う、つまり魔石を大々的に市場に流すということになりますが、そうすると技術を公にせねばなりませんでしょう。もちろんその仔細まで詳らか（つまび）にする必要はなくても」

レクシーは頷きます。

「特許ということだな。もちろん出願はいつでもできるようにしている」

商いを公にする以上、特許は必要です。それにレクシーはご自身以外にもどこかで別の研究者がいずれ気づくと仰ってましたしね。

「となるとそれこそ密偵とかが来るようになりますわ。その際に王家の影を一方的に壊滅させたという話があれば、それは大きな牽制となります。これが一つ」

ふむふむと頷くレクシーと、周囲にいる使用人たち。

昨夜の襲撃は明日の新聞を騒がすでしょう。その真相は決して民の知ることにはなりませんが、彼らの間では広まるはず。

「そしてこれから私たちがしようとしていること、それを王たちには決して知られたくないためですわ」

「そのこととは特許の公開のことか？」

「いいえ、教皇聖下の庇護を求めることです」

「ふむ、確かに自国の王ではない庇護を求めるとあれば問題だよな。しかし教皇か……」

「ええ、以前１００カラット魔石の時に申しましたが、これでも信徒ではありますから。隣国に逃げて、そこで庇護を求めなかったのは、そもそも一国では収まらない価値だという以上の懸念がありまして」

「ほう」

わたくしはレクシー、そして使用人たちを見渡します。熱のある視線でこちらを見つめる者たち。

今更わたくしがこれを言ったとて、彼らが揺らぐようなことはないでしょう。

「レクシーの発明、これが教会より異端であるとされる虞（おそれ）があります」

ざわり、と息を呑む音と衣擦れの音。それなりの衝撃を与えたようです。

しかしレクシーは頷きます。想定されていたのでしょうか？

「なるほど。そうか……いや、そうだよな。うん、そうなるのか」

わたくしが首を傾げると、彼は言葉を続けます。

「それは想定していなかった」

「はい」

「だが、平民の画期的発明に対して、誰かが絶対に奪いにくることだけは確信していた。そうか、それで全てを奪えるのか」

彼の茶色の瞳に昏さを感じます。

そうですわね、レクシーはわたくしと結ばれる前、その多くを奪われてきたのでしょう。研究の内容、あるいは研究の機会と。

「あ、あのっ！」

使用人から声がかけられます。

「い、異端なんです……か？」

わたくしは無礼を咎めることもなく、ゆっくりと首を横に振ります。

「いいえ、レクシーの研究が神の威光を汚すものであろうはずがない。ですが、その研究のあまりの素晴らしさに目が眩む愚者たちは、必ずやそう言ってわたくしたちを貶めんとします」

わたくしは立ち上がり、レクシーに指を突きつけ、演劇のように声を低くして言います。

「君は無より魔石を創造するという、偉大なる神の御業(みわざ)に手を出した」

「……違います。大気中の魔素を結晶化させたのであって、無からではありません」

「ほう、魔素！　君はダンジョンから魔素を吸収して魔石を人工的に作ったと」

「……はい」

「ダンジョンとは至高神に叛逆したる魔神の領域！　そこより魔素を持ち出す汝は邪法使いであるな！」

「違います」

「違うというならその身の潔白を神聖裁判にて明らかにするがよい！」

　わたくしは指を下ろします。

「よくある異端審問官（インクイジター）ならこんな感じですわね。裁判は川に落として沈んだら真実を言っているとしましょうか」

　使用人が声をかけます。

「しかし異端の技術なら教会も手に入れられないのでは？」

「異端審問の結果は誤りで、アレクシ・ペルトラは真実を語っていた。彼は聖人であると列聖し、彼の技術は教会が適切に管理しよう」

　絶句されます。

「ね、ですから先に教皇聖下に直接商談を持ちかけたいのですわ」

　教皇聖下は数年に一度、夏から秋にかけて行幸なさいます。そもそも今年その予定が組まれ、行先に我が国が含まれたのは、わたくしの手紙によるところが大きいでしょう。

もちろん、隣国いくつかを周遊する形になりますので、教皇領に接していない我が国に回ってくるのはもう少し後の話です。

つまり、わたくしたちには直接話しに行く時間があると言うことです。

王家の影を襲撃してすぐ、わたくしとレクシーは姿を眩ましました。教皇聖下の滞在する国へと旅行し、聖下に手紙を出します。

もちろん、普通であれば聖下の元まで手紙が届くこともないでしょう。ですが魔石を渡した後ですからね。秘密裏に会うという連絡を頂けたのです。

夜、人気（ひとけ）のない大聖堂（カテドラル）にて。わたくしとレクシーは跪き頭を垂れて彼の訪れを待ちます。

両の膝の感覚が無くなってきた頃、扉の開閉する音。そしてゆっくりとした衣擦れの音。わたくしたちの脇を通り過ぎる気配。

「お待たせしてしまったかな。面を上げなさい。神の前で全ての子は平等なのだから」

ゆっくりと一度伏目がちに面を上げ、それから前を見ます。

青と白に金糸の刺繍のローブ、教皇にのみ許された色の組み合わせを御召しになる小柄な老爺、ナマドリウスⅣ世聖下に他なりません。

わたくしたちはもう一度頭を下げます。

「至尊なる神の代行者、聖杖の遣い手、ナマドリウスⅣ世聖下にご挨拶申し上げます。アレクシ・ペルトラと申します」

「至尊なる神の代行者、聖杖の遣い手、ナマドリウスⅣ世聖下にご挨拶申し上げます。アレクシの妻、ヴィルヘルミーナと申します」

「愚禿(ぐとく)への丁寧な挨拶痛みいります、ペルトラ夫妻」

従者によって持ち込まれた椅子に聖下は座られました。警備も遠く、従者も極めて少ない。広い聖堂にぽつんと三人。人払いがなされています。

聖下は懐より宝石箱を取り出し、わたくしたちの寄進した魔石、〝世界の涙〟を取り出されました。

「先日、あなたたちの部下であるという冒険者たちが愚禿に寄進したいと持ってきてくれたものです」

「はい、お納めください」

「ありがとうございます。篤(あつ)い信仰に感謝を」

わたくしの言葉に聖下はそう仰ると二度聖印を掲げて祈りの言葉を口になさいました。わたくしたちに祝福して下さったのです。

「さて、愚禿はあなたたちのこの魔石に、おそらくは大いなる秘密があるとみました」

「ご慧眼(けいがん)にございます」

そう言うと聖下は面白そうに笑みを浮かべます。

「あなたたちの送った冒険者たちは、この素晴らしい魔石を手にするに至った素晴らしき冒険の物語を語らなかったのですよ。そして褒美もねだらず、ただ手紙を渡してきただけ。愚禿が教皇となりナマドリウスⅣ世を名乗ってはや二十年、このような者はおりませんからな」

それは……確かに。自分たちがどれだけ危険な冒険の結果、手に入れた宝を捧げるのか。宝の価値、ひいては自分たちの価値を示さない者はいないでしょう。

「気を悪くされたら申し訳ありませんが、万が一にも盗品であってはいけませんからな。この大きさを誇る魔石について調べましたが、どこからも盗難されたという話はなく、これと同じ形状・色の石もない」

「いいえ、そのご懸念は当然のことかと。むろん、至尊なる神に誓って、これは盗品ではありませんが」

「ええ、ええ。勿論です。またお会いして確信しました。あなたたちの魂はそのように濁ってはおりません」

ナマドリウスⅣ世聖下の深い深い青の瞳がこちらに向けられます。心を見極める神眼と呼ばれる瞳。

わたくしは思わず大きく息をつきました。

「あなたにいただいたこの魔石は、冒険によって得たものではない。そうですな」

「お分かりに……なられますか」

「流石にこの大きさの魔石が産出されるような魔獣が出れば愚禿の耳に届きますとも。ダンジョンの踏破もですな。それにあの冒険者たちからはそこまでの武威を感じませなんだ」

全て見透かされている。しかしその上で、わたくしたちが悪心によって動いてないと考えられているからこそ、こうして拝謁できたのでしょう。

「はい。その秘密を、パトリカイネンの王にすら隠してきた秘密を聖下にお教えしたいのです」

「それは恐悦」

わたくしはレクシーに頷きます。彼は事前に決めていた通りのゆっくりとした所作で脇に置いていたトランクを開けます。

そこからミーナ十三号を取り出すとトランクを立ててその上に設置しました。

わたくしも立ち上がります。

「聖下、これがわたくしたちの秘密です」

わたくしがミーナ十三号に魔力を込めると、少しの時間の後にからんと乾いた音。

引き出しを開け、作ったばかりの4カラットサイズの魔石を手の上に乗せ、聖下の前で跪き差し出しました。

皺だらけの彼の手がわたくしの掌から魔石を摘み上げ、月明かりに翳します。

「……魔石を……創造なさいましたか」

「はい」

聖下は逆の手でぴしゃりと禿頭を叩かれました。

「これはこれは。古竜を倒して得たと言うよりも刺激的な話ですね」

教皇聖下はご自身のことを愚禿などと謙遜なさいますが、これを即座に刺激的な話と返すあたり、愚かでもなければ頭脳が老いてもいませんわね。

「なるほど、夜なので少々見にくいですが〝世界の涙〟と同じ色合いに見えますな。その手にされた箱を用いて創られましたか」

「はい、ただ当然のことながら巨大なものを作り上げるのは容易ではありませんが」

　聖下は頷かれます。

「これは我が夫アレクシが発明した体内の魔力を抽出、結晶化する技術でございます。さきほど、創造との聖下の御言葉にわたくしは肯定致しましたが、厳密には創造ではありません。それは至尊なる神の御業ゆえに」

　聖下は重々しく頷かれます。ここは大切なことですからね。

「なるほど。その箱を使えば誰の魔力でも結晶化できるのかね？」

「はい」

「例えば愚禿でも魔石を作れると？」

　その質問にレクシーが答え、説明します。

「私でも魔石を作ることができます。ただ、体内の魔力容量によってその大きさが異なるので、私ではほんの小さなものしか作ることができません」

　魔力を消費してしまう旨をお伝えすると、軽く試してみたいと仰ったので聖下の前にミーナ十三号を置きます。

　聖下は癒しの奇跡などを行使されるので魔力を使われているはずですから。

「ふむ」

おもむろに聖下はミーナ十三号に手を翳すと、その手が仄白く輝きました。奇跡の力……！

光は直ぐに収まり、聖下は自ら引き出しを開けて小さい石を取り出します。

それはわたくしが作って見せたよりもずっと小ぶりな石ですが、自ら淡く光を放つようでした。

「なるほど、経典にある聖石はやはり聖属性の魔石であったかな」

聖下はわたくしを手招きすると、掌に聖石を置かれました。

「どうぞ」

「……よろしいのですか！」

聖石は経典にはしばしば登場すれど、自然界のダンジョンでは産出せず、現世で得られる手段は聖獣の遺骸より僅かだけ。浄化や治癒の力の込められた特別に貴重なものの筈です。

「ええ、貴重な経験でした。記念になるでしょうし、研究に使っていただいても構いませんよ」

ふとオリヴェル氏の顔が浮かびます。これを研究用に持ち帰った時、彼はこの場に立ち会えなかったことを悔しがり、またわたくしたちでは作れない聖石にぐぬぬと頭を抱えるのでしょうと。

「それとあなた方の事業がただの慈善活動ではないと愚禿は気づきましたぞ」

わたくしは微笑みを浮かべます。

もちろん、A&V社について教会が調べているでしょう。そして今ミーナ十三号での魔石作成を見せたことで、『無料魔力鑑定所』の真の意味を明かしたと言えます。

「高魔力保持者でない者からは1カラットにも満たない極小の石しか取れません。それでも魔石灯などの燃料には十分使えますわ」

「然（しか）り然（しか）り、たいしたものです。あなたは最上級の一点ものの魔石も作ることができ、また質ではなく量を作ることもできると愚禿に示しました。そして逆説的ですがあなたは手の内にまだ秘された札を持っている」

　わたくしは肯定も否定もしません。別に全てを晒す必要がない。それは開示した札があまりにも強力だからです。ゆえに大気中の魔素集積についてはここで語る必要はないでしょう。

「ナマドリウスⅣ世聖下、わたくしはいずれ魔力鑑定事業を教会に委託しても良いと考えていますの」

「ほう……？　興味深い提案ですがなぜでしょう」

「聖下の手が届く範囲の全ての地の教会で、救貧院の炊き出しの食事の代価にこれで魔石を出してもらいましょう。炊き出しの回数も増やせますし、孤児院の薪がわりにもなりますわ」

　聖下は一瞬面食らったような顔をされ、呵呵（かか）と笑われました。

「面白い。建前にしろ本音にしろ、法螺（ほら）にしろ誠にしろ、そこまで言える者はついぞ居ませんな。それが成った暁にはあなたたちの名には聖（セイント）が冠されるでしょう」

　わたくしは頭を下げようとしましたが、それは聖下の手が肩に置かれることで止められました。

「然（さ）りとて、その道程には苦難があり、愚禿の庇護が欲しいと」

　聖下の視線は優しく、それでもわたくしの心の奥まで覗き込むが如き深淵を感じさせるものでした。

「……はい、その通りです。不遜なることにございますが」

聖下はにやりと笑みを見せ、髪のない頭をつるりと撫でました。

「なに、この禿頭にも使い道があるということを見せてしんぜましょう。楽しい一夜でした。またパトリカイネン王国で会えることを楽しみにしていますよ」

聖下は立ち上がると、部屋を後にされます。

「ご厚意感謝いたします」

「ご尊顔拝謁できたこと、心より感謝いたします」

レクシーとわたくしは言葉と共に跪きました。


数日後。王国への帰途、滞在先のホテルで新聞（タイムズ）を読んでいたわたくしは思わず笑みを浮かべます。

「ミーナ、新聞を手ににやにやしてどうしたんだい？」

「わたくしたちの魔石を聖下が宝冠に使われているのよ」

新聞には、教皇聖下がその正装を身に纏って民衆に向けて手を振る様子が掲載されていました。

そして記事には聖下の被る冠が数百年ぶりに新たになったと。その土台は変えることなく、冠の中央にそれは見事な水の魔石が飾られたと記されていました。

「それはとても名誉なこと……ということだな」

「それもありますし、聖下の使ったものを異端の技術によるものとはできないということですわ」

聖下はわたくしたちへの庇護をそのお姿で示されたのです。

さて、帰りましょう。

わたくしたちはホテルをチェックアウトし、一路パトリカイネンへ。

「慌ただしい旅行だった」

わたくしの隣から声。

「しかたありませんわね。それでも教皇聖下にお会いするという目的は達せましたし」

馬車の客室(キャビン)を埋める荷物に手を向けます。

「お土産もたくさん買えましたわ」

これまで、わたくしたちは屋敷を買い使用人を揃えと、中位から下位の貴族並みには羽振りの良い暮らしをしていましたが、決して豪奢な暮らしをしている訳ではありません。魔石の生産量から考えればむしろ質素と言っても良いでしょう。

しかし国外ですし、監視の目もありませんからね。ちょっと使ってきたのです。

「こんなに買い物に振り回されるとは……」

レクシーはお疲れの様子。

これは旅程に時間の余裕がなかったのもありますが、彼がこういったお買い物に慣れていないというのも大きいでしょう。

「わたくしが公爵令嬢であった頃はこんなものではありませんのよ?」

「……どうやったらこれ以上買えるんだ」

「ふふ、お屋敷に商人を呼んで、『気に入ったわ。全部買わせてちょうだい』って言うだけですからね。お店を回った今回の方が疲れるかもしれませんわ」

レクシーが頭を振ります。

こちらの国で流行っている意匠の宝飾品、ドレス、魔石、レクシーの欲しがった技術書、道具、友人や使用人達へ渡すためのお土産、お菓子、いずれこちらで出店するための土地……。

確かに色々買いましたから。

「ともあれ、聖下がこちらに好意的な反応で良かった」

ぐう、とレクシーのお腹が鳴ります。

「失礼」

レクシーはこの旅行中食が細かったように思います。緊張と疲労でお腹がすかなかったのでしょう。

わたくしはお土産の中からお菓子の箱を取り出しました。

「ここで頂いてしまいましょうか。お行儀悪いですけど」

レクシーが頷きましたので、包装を剝がし箱を開けました。

一口サイズのチョコレートが綺麗に並べられています。

二人で一つずつ摘んで口へ。鼻腔に広がるのは濃厚なカカオの香り。

しばし沈黙が客室に満ちます。口の中でチョコレートを転がしていたレクシーが呟くように尋ねました。

「しかし、あれで良かったのかね？」

「何がでしょうか？」

「聖下との話さ。もちろんあまり時間が取れないのは分かっているが」

「具体的に話を詰めるまでは持っていけてませんからね。聖下としても教会内部で調整の時間が欲しいでしょうし」

「以前言っていた異端とされないようにという話か」

「良いのですよ、異端と見なされても。極端な話をすれば、レクシーの技術を奇跡として騙り、新興の宗教か国家でも打ち立てても良いのですわ。現世に降臨した神の子アレクシが衆生を救うと」

レクシーの眉間に深い皺が刻まれました。

「神の子アレクシ様！」

わたくしは拝むようなポーズを取ります。

「嫌なこった。それにそう上手くいくものでもないだろう」

「もちろん、わたくしも嫌ですわ。でも、それができるほどの力がこれにはある。……少なくとも聖下は可能性があると思ったことでしょうね」

「ふむ」

「もちろん兵の数で考えれば決して勝てないのですが、莫大な魔石を局地戦で……」

レクシーがわたくしの手からお菓子を取り上げます。

「悪いことを言う口は塞いでしまおうか」

左手に箱を持ち、そこからチョコレートを一つ摘みあげると、それをわたくしの唇に押しつけました。唇の間を滑らかなものがすり抜けるように落ち、口内に広がる強い甘味。

レクシーの顔は赤く染まっています。ですがわたくしの顔はもっと熱を持っているでしょう。

「可能性のない未来の悪巧みはいいさ。幸せを考えよう」

言葉を発せないわたくしは、お尻を浮かせて座席を詰めてレクシーに身を寄せます。

レクシーがお尻半分ズレて逃げようとしたので、わたくしはさらにその分詰めていきます。

チョコレートを持っていない右手が浮いていたのでわたくしの肩を抱くように回させました。

「……強引だ」

わたくしはチョコレートを溶かし飲んでから口を開きます。

「ここはそうすべきところですもの」

肩に回された彼の手は緊張ゆえ強張っています。それを優しく撫でながら尋ねます。

「女性に慣れてきましたか？」

「女性には慣れてないよ」

レクシーは首を横に振ります。

「でもミーナが隣にいるのは慣れてきた」

「慣れただけ？」

「……隣にいてくれるのが心地よいと思う」

ふふ。わたくしの頬に笑みが浮かびます。

そこから自宅へ戻るまで、彼の薄い胸板に頭を預けていたのでした。

短い国外旅行を終えて王都へと戻りますとすぐに、わたくしはレクシーと共に商業組合へ。

貴族の屋敷にも見紛う巨大な建物。ですがそこを出入りするのは数多くの商人たちであり、荷馬車です。

「さて、行きましょうか」

「ああ」

レクシーとわたくしは建物の前で深呼吸を一つ。向かうのは組合の三階の隅。活気ある商業組合の施設の中で、静かな一角です。

各国王都の商業組合には必ず特許部門があります。

レクシーの腕に手を添え、二人でその受付へと向かいました。

「A&V社のアレクシです。本日は特許申請に伺いました」

わたくしたちの影のように後ろをついてきた家政婦長のヒルッカが手にした鞄から書類を差し出しました。

事前に取り寄せておいた特許申請の書類に記載したものです。

「はい、ありがとうございます……えっ」

受付嬢が驚きの声を上げました。

提出された書類が数百枚もあるレポートの束であったからでしょう。

「申請する特許としてはこの一枚目にある通り、魔石の作製装置です」

「魔石の……作製……ええっ!?」

彼女の目が大きく見開かれ、慌てたようにタイトルを見ます。

声に驚いたのか受付の奥から別の職員も様子を窺っていますわ。

ヒルッカと同様に付き従っていた家令のタルヴォがトランクから装置を取り出しました。

「置いておくと、およそ一週間で0.1カラットの魔石ができるような機構です」

扇を広げ、その陰でくすりと笑みを漏らします。

今タルヴォが出したのはレクシー一号とミーナ一号の機関部を連結させて作ったもの。

破壊しないと分解できず、その性能も今わたくしたちが使っているものとは比べ物にならないほど低いものです。

「す、凄い発明ですね！　あの、上の者とお話しいただいても？」

そう、それですら画期的なことなのですから。

応接室へと連れていかれ、商業組合長、組合の特許部門長に向けての説明ですわ。

「……と言うわけでこの機構は大気中の魔素を収集し、結晶化させているのです」

わたくしはお茶をいただきながら部屋の内装に視線をやります。流石に王都の商業組合、華美な内装ですが資産を誇示するようなわかりやすく価値のあるものばかりで品は良くありませんね。

特許部門長が計算を始めました。組合長が尋ねます。

「どうだね」

「素晴らしい発明ですが、採算は取れませんな。使っている素材に対して魔石の産出量が不足しすぎています。これは今後の研究に大いに期待というところでしょうか」

「なるほど、ペルトラ氏。改良型の作成に向けての資金援助をお求めだろうか？」

レクシーは首を横に振ります。

「いいえ。これの改良型は既に出来ていて、我々A＆V社は既に大規模な魔石の生産を始めています」

「……なっ！」

「その改良型は！」

ふふ、と笑みが漏れます。レクシーは机の上に置かれた特許申請用紙の束を叩きました。

「この特許申請には魔石作製装置の機構を作るための素材の組み合わせとして数万パターンほど用意してありますので、それの一つですよ。そちらで調べていただければと」

魔素集積と結晶化を組み合わせてますからね。百パターン×百パターンでも一万になりますから。

「そんな無法が通ると思っているのか！」

彼らが激昂して立ち上がりました。

パチリ、と扇を鳴らします。彼らの動きが止まり、わたくしに視線が集まりました。

別に平民の妻であるわたくしに注目する必要などない。ですが、これは王侯貴族の令夫人たちが不快を表す仕草です。間違いなく彼女たちと商いをしている彼らが注目しないはずもありません。

「……その発明、本当に公開しても宜しいのかしら？」

「と、言いますと?」

　わたくしが扇の先で机を叩くと、彼らは気まずそうに椅子に腰を下ろします。

「いえね、今わたくしたちが魔石を作製している全ての技術を開示しても構いませんのよ。極端な話ですが、全てを公開した方がわたくしにとっても楽ですの」

「ほう?」

「だって世界中でこれを作ってもらえば、その莫大な特許権(パテント)だけで一生遊んで暮らせますもの。違うかしら?」

「……その通りですな」

「それをしないのはあなたたちパトリカイネン王国の商業組合への思いやりですけど、……もう一度お尋ねしますわ。公開しても宜しくて?」

　わたくしは供された紅茶を口にします。彼らに考えさせるために。

「……世界か」

　組合長の口から言葉が漏れました。

　そう、特許として公開すると言うのはこの国、この組合のみの話ではありませんもの。

「我々を利するという訳ではないということか……」

「むしろ害されるかもしれませんわね」

「現時点で大きな資本を有する国がより大々的に魔石を生産できてしまう、そういうことですか」

　わたくしは笑みを浮かべます。

「南の教皇庁か東の帝国。どちらが世界を牛耳るでしょうね?」

　ぞっと寒気がしたかのように彼らは身震いしました。

「もちろん、遅かれ早かれそういった未来は起こり得ますわ。その時計の針をここで進めても良いと仰るなら。わたくしたち、今持つ技術を全て公開してもよろしくてよ?」

「ペルトラ夫人……あなたは私達にどうしろというのです?」

　組合長がこちらに尋ねます。

「わたくしのような一介の平民の女が商業組合の長に向かって何をしろなどとは申し上げられませんわ。ただ、最新の研究をいま公開して良いのか、秘した形で特許を取らせていただくか、そちらに選択権を差し上げているだけですの」

　つまり、画期的な発明だけれど採算が取れていない技術に偽装してあれば、他の国の開発は遅れる。それに先んじて商業組合が研究を始めていても構わないというだけなのです。

　もし、それでどこかの組織が効率の良い組み合わせを発見したとしても、その組み合わせは今回提出した数万の組み合わせの中に収まります。わたくしたちには特許権が入ってくるため問題ありませんわ。

「……ご配慮いただけて感謝いたします。それでは秘していただけますよう」

「ええ、よろしくてよ」

　組合長はわたくしたちに頭を下げられました。しかし特許部門長はこちらを不審げな眼差しで見つめてきます。

「なにか」

「その技術、それほどに価値あるものなのかね？」

「と言いますと？」

「具体的な生産量を聞いていないと言うことですよ。その説明も無しに組合長が頭を下げるのも感心しませんな」

「君、やめたまえ。王都中央銀行の頭取がA＆V社という新興の企業にどれだけ出資しているか、頭取のクレメッティ氏が彼らにどれだけ目をかけているのか。君は知らないだけだ」

ああ、なるほど。組合長自ら特許の話を聞きにきたのはこれが理由ですか。レクシーの発明の価値を先に悟っていたと。

「しかしですな……」

パチリ、と扇の音を響かせます。

「手の内を晒す気はありませんの。ごめんなさいね。ただ、これから商談をお願いしようと思っていたので、そこから推察していただく分には構いませんわ」

組合長は黙っているよう特許部門長に告げてから、にこやかな笑みを浮かべて言います。

「ほう、というと魔石をお売りいただけるのでしょうか」

「ええ、そうですわ」

閉じた扇で手のひらを叩くと、背後に控えていたタルヴォが頭を下げて部屋から出ていく気配がします。

「定期的に基準価格で魔石を卸していただけるならこちらとしては幸いです……その、えー、なんだ」

「気を遣わなくて結構ですわ。縁は切れておりますので」

わたくしが元ペリクネンであることを向こうはご存じで、それが気になるのでしょう。

「申し訳ない。ペリクネン公は魔石を王都へと持ち込む量を減らそうという素振りで値を吊り上げようとしてきますのでね。国外から輸入しようとすれば輸送費や関税が嵩みますし、国内の他領から持ち込むには産出量が安定しません」

わたくしは頷き、組合長は続けます。

「ですので、別ルートで仕入れられれば、価格の安定化に繋がりますし、公の価格吊り上げにも対抗できるというものです」

「……全然足りませんわね」

彼は少し残念そうに問います。

「ペリクネン公の価格吊り上げに対抗できるほどの生産量は難しいでしょうか?」

「逆ですわ。足りないのはあなたの認識、そして覚悟」

「覚悟……ですか?」

扉がノックされ、タルヴァが部屋に。背後にはトランクを片手に携えた当家の護衛たちが並んでいます。

「積み上げて差し上げなさい」

わたくしの命に、ヒルッカがわたくしとレクシーの前の紅茶を下げました。そして護衛の彼らはトランクを開けてその中身を机の上に並べていきます。

それは屑魔石のぎっしりと詰められた硝子の大瓶。それが数十個、机の上に並べられていきます。

「足りないのは世界を変える覚悟」

商業組合長たちは声も出ないのか、口を大きく開けて固まっています。

「1カラット未満の魔石原石で内包物（インクルージョン）はごくごく僅か（VVS）かそれ以上を保証しますわ。ここに並べたものは総重量でちょうど10万カラット、つまり20kgありますの」

「じゅ、じゅうまんカラット!?」

笑みを浮かべて見せます。

「わたくしたちの手を取るなら、これを今の基準価格の八割で卸して差し上げますわ。いかが？」

組合長は笑みを浮かべます。

「久しぶりですな」

わたくしが首を傾げると、彼は言葉を続けます。

「駆け出しの頃以来の気分ですよ。金貨袋で頬を殴られたようだ」

「ご不快だったかしら？」

「いや……いや、目が覚めました。そう、王侯貴族にしっぽを振るのが商いの終局ではないのだと」

特許部門長が立ち上がり叫びます。

「組合長！　ペリクネン公を、王家を敵に回しますぞ！」

「わたくしの手を取るとは、そもそもそう言うことなのですが、ご理解いただけないかしら？」

エリアス殿下がわたくしを貶める噂や演劇などを流していたのですから。そこに確執があることくらい分かるでしょうに。

組合長が首を横に振りました。

「サラソヤ君、先ほども黙っているように伝えた筈だが？　一つお聞かせいただきたい。もしペリクネン公が魔石を値下げして対抗したらどう対処されます？」

「相手が八掛け、わたくしたちと同価格にしたら五分さらに下げましょう。その後も同様に。こちらはペリクネンが破産するまで値下げに応じられますわ」

「なるほど、格が違う」

こうして商業組合にて、特許と卸しの契約まで行ったのでした。


夜、俺はペリクネン公領に向けて馬車を走らせる。

今日の組合長とペルトラ夫妻の話を伝えるために。

彼らが持ってきたこれは画期的すぎる話だ。それは貴族社会の世を乱す。俺たち商業組合が王侯貴族へと広げた販路が全て覆されるような所業だ。

組合長は熱に浮かされていたが、そんなものが通るはずはない。

ガタン。と馬車が大きく揺れた。夜を劈く悲鳴のような馬の嘶き。

「どうした！」

御者に声をかけるが答えはない。御者台へと繋がる小窓を開けると、ぬるりと生温かい液体が顔にかかった。

再びガタンと馬車が揺れて停まった。扉を開けると街路灯に照らされ、自分の手が紅に染まっているのが見える。

「うわあああぁぁ！」

御者台を見れば男の首がなく、ゆっくりと倒れていくところだった。

「王都商業組合の特許部部長、サラソヤだな」

惨劇に似つかわしくない、冷静な声が響く。

街路灯の下に立つのは金の刺繍の大魔術師のローブを纏う男、シルクハットをとって露わになったのは銀の長髪、片眼鏡に魔眼……！

「ひょ、〝氷炎の大魔術師〟！　なぜここが!?」

彼が右手をこちらに向ける。

「弾」

右脚に衝撃。

「ぐあっ」

「靴の裏を見たまえ」

足首のあたりがズボンごと凍りついている。パキリ、と足首から先が痛みも出血もなく落ちた。

短縮詠唱でこの速度と威力……！

現実感がなく声も出ない。思わず拾った足の入った靴、その土踏まずには小さな石が付着していた。いや、それは街路灯の灯りを反射して輝いた。

「魔石……？」

「それを探知術式でどこにいるのか探っているのだ。今日の話を受けて、普段と全然違う場所に移動するような奴がいないか。そう、君のようにペリクネン公のタウンハウスに近付くものとかな」

「こ、こちらに移動しただけでそんな！」

「刃（ブレイド）」

彼の右手の先の空間が灯りを反射して硝子の様に煌めいた。氷の刃。それは音もなく伸び、俺の腹を刺した。

それは痛みもなくスーツを、シャツを、腹を貫く。氷が、広がっていく。

「そこに我が社の特許を隠し持ってか。特許の権利者を護るべき立場の長には相応しくないな」

彼の端整な顔に酷薄な笑みが浮かぶ。

俺の心臓が氷に包まれていく。

「我らが無慈悲な女王（ハーシュミストレス）は不実を決して許しはしない」

そして意識は暗転した。

「どういうことだこれは！」

タウンハウスの執務室にて父が叫ぶ。

「商業組合までもが魔石の取引を止めるだと！」

そう言って手にしていた紙を投げ捨てた。

……へえ。なるほど、それは父が荒れるのも分かる。去年のシクラトロン社との取引中止のように個々の会社の取引とは違う。無数に存在する中小の商会や会社とは商業組合を通じて魔石の取引を行っているので、ペリクネン領の魔石産出量の六割は商業組合経由だからだ。

僕は絨毯の上に落ちた手紙を拾い上げた。

「失礼します」

ふむ……これは。

「別に取引を完全に停止しようという訳ではないのですね。今の価格では取引は受けないと」

去年から今年にかけて父は魔石の価格を基準価格で許される上限にまで吊り上げている。これは本来ならダンジョンの崩落など、産出量が極めて減少し、なおかつ再び産出体制を整えるのに資金の注入が必要な場合の値である。

父の横暴が許されているのは公爵という地位と、国内魔石の大半がペリクネン領に由来するからだ。

「問題はこの価格なら取引するという額だ！」

「今、ペリクネン領で扱っている価格のおよそ半額、基準価格の八割ですか……現在の基準価格の下限に近い値ですね」

この値の下限というのは、どちらかというと未熟な商人や冒険者などが商売で不当に安く買い叩かれないための値という意味合いが強い。

つまり本来はこの価格で魔石が売買されることのない値。

なるほど、商業組合も思い切った手を打つ。

この額はペリクネン公領と取引を停止しても問題ないという意図を明確に示してきたことになる。

「どうしますか？」

「急ぎ王に謁見し、組合に圧をかけさせる！」

ため息が漏れる。

なぜ商業組合がこの行動を取れるようになったか、その理由を推察、調査することもなく、まず圧力を考えるのだから短絡的で話にならない。

これができるということは、少なくとも組合が中期的にペリクネン領の産出量に匹敵する魔石を安価に手に入れる手段を得たという意味だというのに。

それに基準価格の範囲内だ。王家もまだ動かないと思う。

「では僕は組合がどこから魔石を入手しているか調査に向かいます」

圧力をかけるにしても、その対象は商業組合が魔石を手に入れた先だろうに。

父の執務室を出る。

何の根拠もなく姉の顔が浮かんだ。ツンと澄ました顔で、だがペリドットの瞳に愉悦を浮かべた彼女の顔が。

どういう秘儀か奇跡か、ほとんど王都から動くこともなく、彼女はいきなり魔石の価格を半分にして見せたのだ。

ああ、〝嵐（ストーム）〟が来るのだ。

きっとそれはペリクネン公爵家を吹き飛ばすほどの大嵐なのだろう。


王都の貧民層の金回りが良い。

それは為政者側からしてみればごくごく僅かな金の動きである。そもそも徴税人すら行かぬ貧民窟（スラム）の奥に住む者や、路上に広げた茣蓙（ござ）のみを縄張りとする乞食が銅貨を普段より一枚多く持っていたとして、富める者の誰が気づけようか。

貧民窟側の小さな店か、救貧院のシスターなら気づくかもしれない。例えば、この冬は路上で凍死している者が少なかったと。

そして貧民たちは良く知っている。A&V社の簡易魔力鑑定所が子供たちに菓子を配っていたおかげだと。

　ペルトラ夫妻が貧民に慈悲を与えているからだと。

　とある夕暮れ、襤褸(ぼろ)を纏った老爺が屋敷の裏手、勝手口にて頭を下げる。その片袖は中身がなく、頭を下げた際に力無く揺れた。

「この立派なお屋敷のご主人様と奥様に、この哀れな乞食めにお慈悲をと……」

　それを聞いたお仕着せのメイドは頷くと、金属の取っ手を差し出す。

「ええ、我らが主はあなたたちを見捨てやしませんわ。さあここに触って祈りを」

　男は跪くと、残った手で取っ手を握って祈る。

「ご主人様に神の祝福があらんことを、奥様にも神の祝福があらんことを。使用人の方々にも感謝を……」

　カラリ、と乾いた音がする。

「いいわ、どうぞ」

　男の差し出した器に銅貨を数枚落とし、その上に硬く焼き締めたパンと子供たちに配っている菓子の切れ端を置く。

　男はその重みに驚きを覚える。

　自分たち乞食にここまで多く振る舞う貴族はいない。いたとしても教会の感謝祭などの特別な日だけだ。

　そう言った時の感謝の言葉を告げる。

「厚き御慈悲ありがとうございます、また来年までは来ませんので……」

しかし使用人は首を横に振った。

「それ、あなたたちの言い回しなんでしょう？　それを聞いた奥様はこう仰ったわ。また来週にでも来なさいと」

男はもう一度深く頭を下げると、大事そうに器を抱えてその場を去った。

すぐに別の襤褸を纏った男がやってくる。

今度は若い男のようだ。メイドの口元が弧を描く。

「あら、坊っちゃまも物乞いですか？」


わたくしが執務室で帳簿をつけていると、使用人からユルレミが来たという連絡がありました。

「もう、人の目に止まったらどうするつもりだったのかしら」

「襤褸を纏われて変装し、勝手口からいらっしゃいました」

わたくしは笑いながら応接室へと向かいます。

「あら、ラトゥマ卿ごきげんよう」

既に着替えたのでしょう。平服を着たユルレミが立っています。

彼は眉間に皺を寄せました。

「ペルトラ夫人……姉さんと呼んでも良いですか」

「ええ、ユルレミ。この屋敷の中なら大丈夫よ」

そう挨拶を交わして椅子へと座りました。

お茶を淹れるメイドも護衛たちもみな、笑顔でユルレミに頭を下げていきます。わたくしがこの屋敷を手に入れるまで、彼らを雇ってくれていたのはユルレミですからね。

「さて、あなたがわざわざ下手な変装してまでこちらにやってきたのは何かしら?」

「用件は二つです。簡単な方からいきましょうか」

そう言って彼は懐から便箋を取り出します。わたくしがマルヤーナのことを頼んだという内容の手紙ですわね。

「マルヤーナはどう?」

「ある日急に勉強したいなどと言われて驚いたよ。何年間も姉さんが苦言を呈しても無視していたからね」

そう言ってユルレミは笑いました。

ふむ、まあそれはそうでしょうね。ユルレミは軽く肩を竦めて続けます。

「父や後妻の言う通りにしていてはダメだと自分で気付いて、姉さんを頼ったことは評価するよ。ただ、父に気づかれないように教えるのは難しい。学校に行かせる訳にもいかないから、使用人を雇ったということにして住み込みの家庭教師を一人つけた。それとこちらの使用人から信のおける者をつけて指導させている」

王侯貴族の子女であれば学校に通わないで家庭教師をつけて教育することも一般的です。特にマルヤーナの場合は教育が遅れていますからね。家庭教師の方が良いでしょう。

わたくしは軽く頭を下げます。

「ありがとう、ユルレミ。マルヤーナについて良くは思っていなかったでしょうに便宜を図ってくれて」

「それは姉さんも同じでしょう。まあ、決して我儘なだけの馬鹿な妹ではなかった。それなら手を差し出す価値もあるというものです」

ユルレミは少しだけ露悪的な言い方をしました。

ふふ、と笑みを浮かべると彼は少し気まずげな表情をします。

「彼女の嫁ぎ先についてペリクネン公はどう考えているのかしら」

ユルレミの形の良い眉がひそめられました。

「具体的には動いていない。父はあれで自分に似ているマルヤーナのことが好きだから、なんなら長く手元に置いておきたいとでも考えているのかもな。それこそ、馬鹿な女が好きなのは父だろう」

あー……。亡き母はそれこそ賢い女性でした。父とは政略結婚でしたが、深い愛情はそこにはなかったのでしょう。愛人であった後妻、パーティーや散財のみに興味があるような女を父は好んでいたと。まあ貴族としては一般的な好みなのかもしれませんけど。

「そして嫁ぐとしても馬鹿な女が好きな馬鹿な男の元に嫁ぐと」

それがマルヤーナにとって幸せならそれで良いのです。ですが彼女はそうではなくなってしまった。

「父が公爵であり続けられるならそうなるだろうね。でも姉さんはそうさせないように立ち回っている」

　わたくしはそれに答えることはいたしません。ユルレミの顔がここからが本題だというように引き締まりました。

「もう一つの用件です。商業組合の件、あれは姉さんが？」

「ユルレミ、あなたは何を知っているのかしら？」

　彼はしばし考えます。

「姉さんたちがA&V社を作ったこと、それは無料魔力鑑定所というサービスを行っていること、そのサービスのための店舗や人数など規模が拡大していること、屋敷を購入して使用人を雇っていること、王都中央銀行や姉さんの友達だった貴族家の令息令嬢が後援者となっていること。測定器なるものが画期的な発明であるにせよ、魔力持ちの情報を魔術学校などに売って金を稼いでいる程度では……どう考えても採算が合わない」

　彼は紅茶にミルクを落としながら呟きます。

「姉さんは外出着とかについては平民の資産家程度に地味にしているけど、この磁器だって公爵家にあっておかしくないようなやつじゃないか」

　そう言ってカップを口に。ふふ、流石に目利きはできるわね。

「そうね。続けて？」

「ペリクネン領にA&V社の研究者を多数派遣していること、領都にも簡易魔力鑑定所を作ったこと、研究者や冒険者がそこに頻繁に出入りしていること。この動きに注視してないんだからな……父は困ったものだ」

　ユルレミはため息をつきます。

「あら、そうなの？」

「まあ父がというか代官がなのかなあ。去年からの報告書を漁ったけど、ほとんど記載されてなかったし。それで大事な冒険者を何人も引き抜かれてるんだから話にならないよね」

「彼らは冒険者に価値なんて見出してないのよ」

　平民の、それもごろつきよりちょっとマシ程度にしか認識していないのでしょう。彼は首を竦める。

「かもね。それと、姉さんたちが一度隣国に出国してすぐ戻ってきたのと、商業組合の特許部門に行ったってことまでが確定している情報かな。魔石作製装置だっけ？」

「ええ、旦那様がつくったのよ」

「アレクシ・ペルトラ氏。義兄さんと言って良いのかは分からないけど」

　義兄とは法律上の兄（ブラザー・イン・ロウ）ですから、わたくしがペリクネンを追放された以上、法律上はわたくしとユルレミは姉弟ではないですもの。ユルレミにとってレクシーが義兄というのは成立しませんものね。

「そうね。でも、そう言ってあげれば喜ぶと思うわ」

　今は研究所に行っていてここにはいないですけど。

「……うん。まあそれはそれとして、アレクシさんの特許の内容を見させてもらったけども彼の発明はあんなものじゃない。違う?」

　わたくしの口角が上がっていくのを感じます。

「なんでそう思ったのかしら?」

「姉さんたちの羽振りの良さ、姉さんたちが商業組合に行った直後に特許部門長が行方不明、魔石の価格が市場で既に一割は落ちていること、商業組合からウチに基準価格の八割でしか買わないと連絡が来たこと」

　そこまで言って、ユルレミは眉を寄せ、椅子の肘置き(アームレスト)を指でとんとんと叩きます。

「妄想じみてるけど……今年この国に来る教皇聖下、姉さんが出国した数日後に聖下の冠中央の宝石が巨大な魔石に変わったこと」

　ふふ、勘の良い子だわ。

「全部わたくしたちの行ったことよ」

　ユルレミは立ち上がって声を上げます。

「ナマドリウスⅣ世聖下に会ってきたの!?」

　そして脚に力が入らないかのように椅子に座り、背凭れに体重を預けました。

「行儀が悪くってよ」

「いや、そうだけど……100カラット魔石か……」

　ユルレミは眉をひそめます。

「そのサイズの魔石すら自由に作れるの?」

「そこそこ時間はかかるし、量産する気もないけど作れるわ。聖下をこの国へ呼ぶために、もう一つあの大きさの魔石を献上するとお伝えしたし」

オリヴェル氏の１００カラット雷属性魔石を献上することになっていますからね。

「……生産量は？」

「今のところ、屑魔石での総重量で一日当たり１０００カラット強かしら。それに加えて1カラット以上のものを数点」

「あの簡易鑑定事務所が魔石製造のからくり？」

まあ、ここまでくれば想像はつきますわよね。

「ええ、それだけではないのだけど、あれが一番生産量が多いわね」

ユルレミはしばし黙って肘置きを指で叩きます。紅茶のおかわりが淹れられた頃、彼は口を開きました。

「しかし、危険では？　この状態では父もすぐに姉さんに辿り着くと思いますよ」

「もう辿り着かれても大丈夫なようになったから特許を公開しているのよ」

「ここを攻められても大丈夫と？」

「だってここに魔石を蓄えてるのよ？　王都全域を焦土と化すつもりで来るくらいならやられちゃうかもしれないわね」

「あー……、でも事務所の方は？」

わたくしは身を乗り出します。

「いい、もしペリクネン公が事務所に攻撃をかけようとしたらできれば止めなさい。もし攻撃するとして、あなたは絶対にそれに関与していないと証明できるようにしなさいね」

「ん?」

ユルレミは首を傾げます。

「約束よ」

瞳を合わせます。少し困惑していた様子ですが、わたくしに気圧されたか、ゆっくりと彼は頷きました。

「わかった。絶対に関わらない。約束する。……けどなんで?」

「この事業、後で教会に委託するからよ」

ユルレミは天を仰ぎました。教会の事業に敵対すれば一族郎党処刑すらあり得ますからね。


ある日、エリアス様の元にお義父様であるペリクネン公より緊急で話をしたいとの書簡が届いたとのことです。エリアス様は翌日のイーナとの午後のお茶会の時間にお義父様を招きました。

「ご機嫌よう、お義父様」

イーナは淑女の礼をとります。

「久しいなペリクネン公、それとも将来の義父殿と呼んだ方が良いかな?」

どうもお義父様の顔色が悪いように思います。お義父様はたまに短気な様子を見せることもありましたが、普段は余裕のある人です。今日はいつになく焦りが見え、挨拶もそこそこに、話したかったであろうことを語り出しました。

「本来は陛下に奏上したい儀があったのですが……」

そのことをエリアス様に直接言うとはあまり品が無いように思います。エリアス様の眉が一瞬ひそめられました。

「陛下は御多忙だ。それでも公爵ともあればそう待たされずに面会できるはず。それすら待てぬ緊急の話であるか」

エリアス様がそう言うと、お義父様が話し始めたことには、商業組合が魔石の買取額を急に半分にする旨を伝えてきたと言うのです。

半分ですか……。

「ふむ……」

エリアス様は顎に手を当てて考えこまれます。畳み掛けるようにお義父様は言いました。

「エリアス殿下にとっても他人事では御座いませんぞ。我らはもはや一蓮托生。組合に圧をかけてやめさせせねば」

「分かっている。だが問題はそこではないだろう。国が組合主導で魔石の取引を認めているのは、安定した価格で商取引するという契約の上だ。つまり組合はペリクネン公が魔石を卸さなくともその価格で少なくとも一年以上は魔石を扱えると示したということになる」

「あり得ません！」

「いや、それ無しにその価格を提示することこそあり得ん。組合長の首というか、組合の存続そのものに関わるからな。ペリクネン公こそ商業組合の入手先に心当たりはないのか」

エリアス様とお義父様が議論されます。イーナは経済を何も分かりません。それでも一つ分かることがあります。

「ヴィルヘルミーナ様」

その呟きはお二人の言葉を止めました。

「あいつが……どうしたって？」

「いえ、何の根拠もないですが、彼女がなしたのだろうと」

「どうしてそう考えた？」

「あの方はかつてこう仰いました『一つの山に二頭の竜は住まぬ』と」

お義父様が激昂されます。

「なんたる言いぐさか！　やはりあの時殺しておくべきだった！」

「馬鹿を申すな。あそこで殺していたら余とイーナが認められる可能性はなかっただろう」

ヴィルヘルミーナ様はイーナにエリアス様と同じ末路を辿らせてくれると言ってくださいました。そんな彼女に弓引く行為は不義理でしょうか？

いいえ、あの方は仰るでしょう。イーナが王太子の婚約者である以上、全力でそれを全うすべきだと。

「ヴィルヘルミーナ様と商業組合、あるいは魔石や魔素、魔力、魔術といったものとの関係について調べてください。それと商業組合長の呼び出しを。彼は魔石をその値段で買い取るようにするなら、その説明をする義務があるはずです」


ユルレミが帰りました。再び襤褸を被って勝手口から出ていったとか。

メイドがティーセットを下げている横でヒルッカが近づいてきて尋ねます。

「ユルレミ様にお伝えしてしまって良かったのですか？」

「大丈夫よ。情報を積極的に晒したい訳ではないけど、隠しておく必要もないわ。というか、あの子にはうまく立ち回ってくれないと困るもの」

「立ち回りですか」

「そうよ。わたくしたちがこの先に勝者となるとして、ペリクネン公は敗者になるわ。でもあの子には破滅して欲しくないもの」

ヒルッカのみならず部屋にいた使用人たちがみな頷きます。

「そうですね。我々使用人一同もユルレミ様には恩があります」

「……仮にわたくしたちが敗北しても、ユルレミは変革に立ち向かわなくてはなりません。レクシーの研究が公開された以上、もはや革命の嚆矢（こうし）は放たれたの。それはこの国だけではない。世界を変えるわ」

「奥様……」

ヒルッカがついと目を逸らして壁に向かって頷きます。視線をそちらにやると別のメイドが何やら呟きながらメモを手にペンで書き付けていました。

「……もはやかくめいのこうしははなたれた……」

「ちょっと！」

彼女たちは笑いながら逃げていきました。もー。

第九章：王宮への召喚と異端審問

数日後、商業組合長が王宮に召喚されたという話が入ってきました。

彼には、わたくしたちのことを隠す必要はないとお伝えしてあります。つまり、わたくしたちのことが王家に、公爵家に露見するということです。

しかし思ったより王家が動くのが早いですわ。ペリクネン公が殿下を動かしたにしても。王家の諜報部隊の生き残りか、ユルレミか、あるいはイーナ嬢の進言でもあったか。

朝食の席、そのような話をレクシーに伝え、こう締めます。

「という訳で、直に王家から呼び出しがかかりますわ」

「まあそうなるな。どうする？」

「正直な話、時間を稼ぐなら屋敷と研究所、事務所を放棄してみんなで旅に出るという手があるのですが」

レクシーは頷きます。

「ナマドリウスⅣ世聖下が来るまでの時間を稼げば良いということだな」

「ですが、ここで隠れるのは将来、聖下や隣国と交渉するときに傷になるかもしれませんね。ここはもう正面から立ち向かうべきところですわ」

彼は笑い出しました。

「君の頭の中は、もう勝った後のことにまで進んでいるのだな」

そういうものですわ。わたくしは頷きました。

さて、その日の午後には使者がもうやってきました。

「王国の落ちぬ太陽、至尊の座にましますヴァイナモⅢ世陛下のお言葉を告げる！」

わたくしたちは跪いて言葉を聞きます。ふむ、殿下ではなく、陛下の使者ですわね。

「ペルトラ夫妻に明日、王城への登城を命ずる！　明朝、二の鐘が鳴る時刻に迎えの馬車を寄越す故、それに乗って城へと向かうべし。またその際、商業組合にて登録した魔石作製の機械を持参するようにとの仰せである！」

「御意」

「御意承りましてございます」

そう言って使者は帰っていきましたが、屋敷の周囲には兵士が無数に配置されたまま残されました。わたくしたちが逃げ出さぬよう監視ということでしょう。

「タルヴォ」

「はい、奥様」

わたくしたちの背後で跪いていた家令に声をかけます。

「明日の準備を。それとないとは思うのだけれど、明日わたくしたちが出た後に兵が屋敷に侵入しようとした場合は抗戦して」

「一命に代えましても玄関を潜らせることは防ぎましょう」

「そのために魔石はいくら使っても良いわ」


そうして翌日、謁見の間。

「ペルトラ夫妻の到着に御座います！」

長槍を構えて左右に並ぶ兵士たちが穂先を掲げ、その間を進みます。王城最大の広間であり、その奥には陛下の玉座。

ここへ入るのも久しぶりですが、その姿はまだ見ることができません。目を伏して前に進まねばならないからです。

ただ、人の気配は少ない。時には真っ直ぐ伸びた絨毯の脇に貴族や武官・文官が立ち並ぶこともあるのですが、今日は内密の謁見ということなのでしょう。

わたくしたちは並んで進み、広間の真ん中ほどで立ち止まりました。そして床に両の膝を突いて頭を垂れます。

「偉大なる王国の太陽たる国王陛下は仰せである、面を上げよ！」

陛下に声を伝える取次ぎを行う近習（きんじゅう）の方がこちらへと届くように声を上げます。

ゆっくりと顔を起こします。いらっしゃるのは陛下、エリアス殿下、ペリクネン公、宰相と近習の方ですかね。後は文官、秘書、兵士といったところですか。彼らは奥の方に固まっていて、顔までは見えません。わたくしたちの辺りはがらんとしています。

「偉大なる王国の太陽たる陛下は仰せである、近う寄るようにと！」

なんで、エリアス殿下にしろ陛下にしろ、わたくしが平民であることを認識してないのかしらね。ここで止まるに決まっているでしょうに。

立ちあがろうとするレクシーの腕を押さえて、声を張り上げます。

「近習の方に申し上げますわ。平民が進んで良いのはここまでと定められております、寝言は寝て仰いと！」

近習の方の動揺する気配が伝わってきます。

「ぺ、ぺ、ペルトラ夫人は申しております、平民が進んで良いのはここまでと定められており、ね、寝言は寝て仰るようにと！」

「不敬な！」

エリアス殿下が叫びます。

「陛下に対する不敬は許されぬぞ！」

わたくしはそれに応じることなく、正面、陛下の足元の辺りに視点を置きます。一応礼法としてはご尊顔を直接見つめるのは無礼ですからね。今更ですけど。

陛下は殿下を窘めるように合図を送られ、近習に声をかけられました。

「偉大なる王国の太陽たる陛下は仰せである！　不敬は咎めぬと。ただ、そこでは顔も見えぬ。改めて前へ進むようにと」

まあ、そもそもそういう距離で話したいならわざわざ謁見の間に呼ぶなと言いたいところなのですが。

わたくしたちは立ち上がります。レクシーが差し出した右腕に手を置き、ゆっくりと前へ。

そのまま歩み続け、ペリクネン公の立つ位置の前を通り過ぎたことを視界の端で確認します。

王族用の段へと足をかけようとしたところで近衛たちが駆け寄ってきました。

「貴様ら！　どこまで行く気だ！」

わたくしは足を止めて首を傾げます。

「わたくしは近づくようにとの陛下のご下命ゆえにそうしているのですが、それを遮るとは、あなたたちは反逆者ですか？」

「貴族の止まる位置があるだろう！」

レクシーが声を上げました。

「我々は平民です。なぜ指定もされていないのに貴族の立つ場所とやらで止まると思われたのですか？」

反論しようとした近衛の方を遮るように、近習が慌てたように声を上げられました。

「陛下は仰せである！　そこで構わぬから止まるように！　近衛は待機に戻れと！」

近衛が離れていき、わたくしは陛下の顔を正面から見つめます。四十過ぎの壮年の男性、エリアス殿下と同じ金髪碧眼の、彫りの深い威厳ある顔立ち。

「跪かぬか！」

エリアス殿下の声がします。それを無視して陛下を見つめていると、陛下は近習を下げさせて仰いました。

「直答を許可しよう。ペルトラ夫人、汝は随分と変わったな」

「変わったのではなく、変わらせられたのですわ。婚約者に公の場で婚約を破棄され、その地位も名誉も褫奪(ちだつ)されたのです。かつての父も、将来父になるはずだった人もわたくしを救ってはくれず」

ここで笑みを浮かべてレクシーを見上げます。

「彼のみがわたくしを救ってくれたのですから」

陛下は顔を顰(しか)められました。横合いからペリクネン公の荒らげた声がかけられます。

「そもそもお前が！　我が義子となったイーナを暗殺しようとしたからではないか！」

黙って前を見つめていると陛下がため息をつき仰る。

「他の者の発言に答えても構わぬ」

わたくしは父の方に身体を向けます。

「ペリクネン公、まだイーナ嬢はペリクネン家に入る前の話でした。そして暗殺しようとしたからではありません、暗殺に失敗したからですわ。わたくしは政争に敗れたのです。故にそこに不満はありませんの」

「ならばなぜ、魔石の価格を暴落させるような真似をする。お前が魔石を大量に組合に持ち込んだと分かっているぞ！」

「異な事を仰いますわね。勿論、わたくしが生きているから、そして心折れていないからですわ。つまりまだ政争は終わっていないのです」

わたくしは右手を広げ、謁見の間全体を指し示します。

「さあ、わたくしはここへ戻ってきましたわよ。宮廷闘争の第二幕ですわ」

ペリクネン公の表情が怒りに歪みます。

「貴様らよりによって我が領の主産業たる魔石に手を出すとは……！」

「ここにいらっしゃる方々は、わたくしたちが魔石を何処から入手しているかご存じなのかしら」

わたくしが首をゆるりと傾げると、エリアス殿下が答えてくださいました。

「商業組合に特許申請を出しただろう、アレクシ・ペルトラの名で魔石作製装置を発明したと」

わたくしは頷きます。

ふむ、認識はそこ止まりでしょうか？　鑑定所の秘密は暴かれていないと見るべきですかね。

「ええ、その通りです。夫が魔石に関わる研究をしていたのは偶然ですが……」

レクシーがわたくしの袖を軽く引きながら前に一歩出て、言葉を止めました。そして語り出します。

「私はかつて所属していた国立研究所で冷遇されていました。それは私が研究所で数少ない平民であるのに加えてもう一つ。魔素・魔石に関する研究内容が既得権益を脅かすからでした。魔術師たちからの横槍もありましたし、ペリクネン公自身が圧力をかけていなくても、その部下によって、あるいは研究所に所属する貴族の忖度によって」

初めて聞く話ですが、なるほど納得のいくものです。

レクシーは続けました。

「であれば、エリアス殿下によって追放された公爵令嬢ヴィルヘルミーナ、彼女に宛てがう平民として私は都合が良かった。つまり妻と私の出会いは偶然ではなく必然というものです」

「レクシー……」

わたくしは笑みを浮かべてレクシーの右腕に手をかけ、ぎゅっと袖を摑みます。彼は優しく微笑んで頷き返してくれました。

殿下が不快げに鼻を鳴らしました。

「そして余らへの復讐とでもするつもりか？」

「復讐するには甘すぎる、容赦するには苦すぎるのです。わたくしはただ自らが幸せになるために動いてますが、その道を塞ぐ石に慈愛をかける気にはなりませんの」

「余を路傍の石と申すか！」

ただ笑みを浮かべることで答えます。

陛下が咳払いをなさいました。宰相閣下が声を上げられます。

「エリアス殿下、ペリクネン公。個人的な話ではなく、本題に入らせてもらいたいが宜しいか」

彼らは不服そうではありますが、頷き一歩下がります。

「ペルトラ氏、あなたの発明した魔石作製装置を現在稼働させているが、特に反応がない」

謁見に先立ち、持ってきた魔石作製装置を侍従に預けました。商業組合に提出したそれと同じものを。

　レクシーが発言します。

「商業組合でも説明していますが、あれは周囲の環境にもよりますが、およそ一週間で0.1カラット程度の産出量のものです。先ほど渡してからすぐにという短時間で反応が見られるようなものではありませんね」

「なるほど。しかしそれであるなら魔石の安定した供給にはほど遠い。商業組合が魔石の取引額を下げる理由にはならんな」

「ええ、それに幾度も改良を重ねたものを使用しておりますので」

「その改良したものを使えば魔石価格を大幅に下げられるほどの安定供給が可能だと？」

「機械一つでではありません、何台も使用してですが」

　わたくしも答えを追加いたします。

「閣下、魔石の価格を基準価格の下限に下げたのは商業組合の判断です。ただ、わたくしたちA&V社は現在王国で流通する魔石を全てわたくしたちのものに置換していただくことも可能ですわ」

「馬鹿な！」

　ペリクネン公が叫びました。

　ふふ、ペリクネン領の産出量を上回ると告げた訳ですからね。

　宰相閣下が陛下へと頷き、陛下が口を開かれます。

「アレクシ・ペルトラよ。その技術を国へと供与する名誉を与えよう」

「お断りします」

　レクシーは即答いたしました。

「無論、正当な対価は支払おう」

　わたくしは腹の底から声を出して謁見の間全てに届けと高く笑います。

「……何がおかしい」

「あまりにも陛下が滑稽な台詞を仰るからですわ。ねえ、陛下。わたくしの夫が開発したものの正当な対価として、王国は何を差し出してくれるのかしら?」

「ヴィルヘルミーナ！　不敬であるぞ！」

　そう殿下の声が響きます。

「黙ってくださる？　わたくしは陛下に問うてますのよ？　ちっぽけな勲章？　準男爵の位とどこか適当な領地？　金貨一袋?」

　平民の研究を王家が買い上げることにより、平民側に利がある場合ももちろんありますわ。例えば、個人では実用化まで辿り着けないような開発費を王家が後援者として持ってくださる場合とかね。

　でも今回のこれは違いますでしょう？　わたくしたちはもう事業を軌道に乗せたのです、これではただ成果を掠め取ろうとしているだけですわ。

　答えられぬ陛下に代わり、宰相閣下が仰います。

「仮に汝らの発明にそれほどの価値があると確認できたら、伯爵位を授爵させても良い」

「たかが伯爵ですか。随分と見縊(みくび)られたものですわね」

わたくしは鼻で笑い、そう即答します。

もちろん閣下の言うそれが王国にとって最大限の譲歩だというのは分かっています。平民から叙せられるのは騎士、準男爵、男爵の三位のみ。そこから陞爵(しょうしゃく)させていくとしても最高で伯爵まで。公と侯は古くから国に仕えている家にしか与えられませんから。

最初から伯爵を授爵するという事例は聞いたことすらありませんもの。

「貴様……」

宰相閣下も憤りを見せました。

それでもわたくしにしてみれば、たかが伯爵なのです。

「あなたたち。わたくしが元々どのような地位にあったのか、どういった将来が約されていたか知らないとは言わせませんわよ。わたくしヴィルヘルミーナは公女にして将来の王妃、将来の国母であり得たのですわ」

ペリクネン公を、エリアス殿下を、宰相を、王を見渡します。浮かぶ表情は怒りか気まずさか。

「それをこともあろうに、たかが伯爵夫人の位をわたくしに与えて喜ぶとでもお思いですか？　冗談ではありませんわ。金貨を天まで積み上げられようと、王家の国宝を下賜されようとお断りいたします」

陛下が口を開きます。

「望むならば改めてエリアス、あるいはパーヴァリーの婚約者として……」

「お断りします。論外ですわ」

陛下の言葉を遮りました。そのような対価など最も不要。

わたくしは振り返るとレクシーの首根っこを掴んで頭を下げさせます。

「どうした、ミーナ」

「ごめんなさいね」

周囲に聞こえぬよう、小声で言葉を交わします。

わたくしは踵を上げて、レクシーの頬に唇を寄せました。動きの凍るレクシー。

たっぷり五秒ほどそうしてから、ゆっくりと振り返って宣言します。

「わたくしの隣に立つのは彼しかいませんから」


結局のところ、王国が出せる褒美や対価として、わたくしとレクシーのどちらもが是と言えるものは提示できないのです。

平民であるレクシーに最大限提示できるのは伯爵位まで。それは破格の提示と言えますが、かつてのわたくしの立場からしてみれば明らかな格下。

わたくしを王家に嫁がせてレクシーから引き離すことで、彼を伯爵に封ずることができるという考えについては、今の口付け一つで封殺しましたわ。

つまり、これで詰みですの。

「貴様っ……！　育ててやった恩を仇で返すか！」

ペリクネン公からの怒声。なるほど、今度は情できますか。情に訴えかけるには向いてない気がしますけど。

「恩は感じています。……いえ、いましたわ。たとえ愛人とその娘に入れ揚げて、わたくしやユルレミを、さらには政を蔑ろにしていた父親であったとしても」

そう言って振り向きます。

「ですがわたくしとペリクネン公はもう親子ではない」

「確かに縁は切った。お前はもうペリクネンではない。だがそれでも親子であることは変わらんぞ」

ため息を一つ。

「わたくしも最初はそう思ってはいました。でもわたくしを追いやる原因となるイーナ嬢を養子とされましたし、それに結局のところかつてのお父様であったペリクネン公は追放されたわたくしのことなど全く見ていなかったでしょう？　それで情を持ち続けろと言われても困りますわ」

「お、お前を援助しなかったのは情がなき故ではない。エリアス殿下との約定があったためだ」

殿下が顔を顰めます。まあ実際にそういった密約があったのでしょうね。

確かに、追放時に着の身着のままで送り出せと言われているなどと話していましたし、ユルレミもそれを示唆していました。ですが……。

「援助をしてこなかったのはペリクネン公もそこの玉座に座っていらっしゃる尊き方もそうですわよ。ただ、公は捨て置いたわたくしを見ようともしなかった。見ていれば気づいたはずですわ。わたくしたちが、A&V社を立ち上げたこと、それがペリクネン領にも出店し、研究者を公爵領のダンジョンに送り込んでいること、領地の冒険者を雇っていること」

「我が領地にだと!?」

ほら、やはりご存じない。

「もちろん別にわたくしの部下たちがそちらの領地で非合法な活動を行っていたようなことはありませんのよ？　ですが放置していたからこうして後手に回ることになりますの。政にもわたくしにも興味が無かったこと。自業自得ですわね」

ペリクネン公は顔を真っ赤にして激昂し、腰の剣を抜こうとして衛兵に止められます。

わたくしは玉座へと向き直りました。

「確かに汝には申し訳ないことをした」

陛下はそう重々しく宣言すると顎を引かれ、王としてできる最大限の謝罪をして見せます。

今、陛下からの援助も無かったと言いましたからね。

「ヴァイナモⅢ世陛下の謝罪は受け入れましょう。ただその謝罪に何ら価値を見出せませんが。このような人目のない場で仰ってもわたくしの名誉が回復するわけではありませんし、そもそも謝罪するには一年遅かったですわね。全ては今更ですわ」

遅い、あまりにも遅すぎるのです。わたくしの名誉が貶められている時に謝罪するわけでなく、わたくしの価値、あるいは危険性が上がってからの謝罪に何の意味があろうと言うのでしょう。

陛下もまたため息をつかれました。

理解はされているのでしょう。わたくしのことを無かったことにして進めようとしていたかつての判断が、今は失策となって戻ってきたことを。

あの時、殿下は民衆の評判を味方につけ、ペリクネン公の後ろ盾は堅持し、枢機卿まで動かした。

彼は改めて姿勢を正し、声を放ちます。

「ペルトラ夫人ヴィルヘルミーナよ。汝の矜持(きょうじ)は分かった。だがその上で言おう。アレクシ・ペルトラの技術を供出しろという我が命に叛く意味が判らぬほど汝らは愚かではあるまい」

王による恫喝。理では詰んでいて情では動かず謝罪も遅く。しかしてこの技術を在野に置くわけにはいかないと判断したのであれば、残された手段はそれしかないのでしょう。

わたくしは毅然と胸を張ってそれに答えます。

「王の決定に逆らってはならない。敬意を払わねばならない。当然でしょうね、……本来ならば」

「汝は自分がその例外だとでも言うつもりか」

「いいえ、王の決定に従わなくて良いと仰っているのは陛下ご自身ではないですか」

「何……？」

わたくしはエリアス殿下を扇にて指し示します。

「先ほどそこにいらっしゃるエリアス殿下も、陛下への不敬は許さぬなどと言っておりましたわ。しかしそれならばなぜ、あれはいまだに頭と胴が分かれてないのでしょうか？」

殿下が声を上げます。

「ヴィルヘルミーナ！　汝は余に死ねと申すか！」

わたくしはエリアス殿下に向けて笑みを浮かべました。

「わたくしは誰に死んで欲しいなどと思っておりません。ただ、この件に関して最初に王命に叛いたのはどなただったでしょう?」

「だがそれは貴様がイーナを殺そうとしたからだ!」

「当然でしょう。あの当時のイーナ嬢の振る舞いを受けて排除しないことがあり得ますか。わたくしはむしろ婚約という王命を、神前の契約を護ろうとしただけ。それを破ったのはエリアス、貴方ですわ。それを良くわたくしに対して不敬などと言えたものですわね?」

　再びくるりと陛下へと向き直ります。

「彼の者を咎めず、生かしておきながら、わたくしにそれを要求なさいますか?」

　陛下は顔に苦渋を滲(にじ)ませながらも頷きます。

「ヴィルヘルミーナ・ペルトラ。汝は正しい。だが正しさで国は動かぬ」

　まあその通りでしょう。

　エリアス殿下を王太子から外していない理由は想像がつきます。結局のところ民からは人気があり、ペリクネン公やヨハンネス枢機卿といった有力な支持者を派閥に有していること。

　そしておそらくですが、政務能力も改善されているのではないでしょうか。イーナ嬢も今年になって貴族の令嬢、令夫人たちの間で評価が上向きつつあるようですしね。

　陛下としてはエリアス殿下を切り捨てられなかった判断は理解できますとも。代わりにわたくしを切り捨てたということですけど。

「ではどうなさいますか？」

「その発明は世界の変化を早くしすぎる。無かったものとするしかあるまい」

陛下が手を叩くと近習の者が衛兵に声を届け、そして謁見の間の扉が開かれます。

門番が高らかに告げるはヨハンネス枢機卿の名。

ああなるほど。応接間ではなくわざわざ謁見の間で話していたのはこれが理由ですか。

枢機卿にのみ許された赤を羽織り、富貴を表すにしても太りすぎた体を揺らしながら歩いてくる男。

その左右には王を前にしても武装することを許された、聖別された剣を、杖を武器を構える聖騎士たちを護衛に。そしてその後ろには棘の生えた異形の武器、捕縛具を構える者たち。

「異端審問官……！」

枢機卿はこちらへと近づくと、口元を歪めて言います。

「久しいな。アレクシ・ペルトラ、ヴィルヘルミーナ・ペルトラよ」

わたくしたちは聖印を胸の前で切って頭を下げ、略礼とします。

「アレクシ・ミカ・ペルトラよ。汝に異端の嫌疑があるとの告発があった」

レクシーが答えます。

「何を以って異端とされましょう？」

「魔石の創造という、人の身でありながら神の奇跡の範疇に手をかけようとしているとの話ではないか。畏れ多いことだ」

「私は自らの発明について特許に魔石を創造しているとは一度も記載しておりません。魔素を魔石へと変換しているだけです」

レクシーが言い、わたくしも続けます。

「魔素、魔力、魔石。それらを人が扱うことに対して問題があるとは教典のどこにも記されておりません」

「それに関して話を聞くための審問である。よもや異論はあるまいな?」

「無論」

異端の告発ではなく異端の嫌疑。

当たり前ですが王家としても枢機卿としてもレクシーの技術を無かったことにするよりは手に入れたいのが本音なのでしょう。

つまり異端と断じてしまえばそれは技術を完全に闇に葬るしかなくなってしまう。ですが嫌疑であれば撤回することができるということです。

わたくしはレクシーに抱きつきました。

「レクシー、耐えてください」

そう小声で言いながら、わたくしは首から下げていた魔石の護符を彼のポケットに落とします。

「分かっている。ミーナも気をつけて」

彼の唇がわたくしの前髪の生え際へと落とされました。

「っ……!」

わたくしは彼の胸に頬を寄せ、上気する気持ちを抑え、そしてゆっくりと離れました。

「ではまた」

「ああ、必ず」

縄を持った異端審問官が前に出てきます。

「縄打たなくとも、敬虔なる信者である夫は逃げやいたしませんわ」

その言葉に枢機卿は玉座の陛下に視線を送ります。

「そうしてやるがよい」

陛下の言葉に彼らは頷き、レクシーを挟むようにして歩くように指示をします。

レクシーの背中が遠くなり、やがて門を過ぎて見えなくなりました。背後から声がかけられます。

「アレクシ・ペルトラの最新の研究が示されれば、そこに異端の技術が扱われていないことの証となるであろうな」

研究結果を差し出せばレクシーを返してやろう、だがそうでなければ異端として処刑する。そう言っているのです。

わたくしは深く淑女の礼をとりました。

「御意にございます。社の者たちとも急ぎ相談する故、御前失礼いたします」

そう言って立ち上がり、踵(きびす)を返します。淑女として不自然にならないように早く。怒りが漏れ出さぬように。

……野郎、目にもの見せてやりますのよ。

わたくしは今日、簡易魔力鑑定所も休みとし、王都にいた従業員たちを全て屋敷に集めていました。

襲撃を受ける可能性も考えていましたので。

馬車から降り、玄関を抜けてエントランスホールへと入るとわたくしが通るために開けた通路分以外は立錐の余地もなく、使用人や護衛に研究者、魔術師、冒険者たちが並んでいます。

わたくしは一人、階段を踊り場まで上がり、まずは先頭にいるタルヴォに声をかけました。

「タルヴォ、わたくしがいなかった間の報告を」

「は、屋敷の周囲にて兵の監視はございますが、こちらへの侵入や攻撃はありません。使用人、社員ら一同全員が無事です。鑑定所からは一旦全ての荷物をこちらに引き上げています」

わたくしは頷き、皆を見渡します。

「みなさん、我が夫にしてこの屋敷の主人、A&V社の長、アレクシが教会に囚われました」

城を出てすぐ、連絡が回っていたのでしょう。彼らの表情に驚きはなく、ただ怒りの感情のみが広間を満たします。

「今どき流行らない異端審問官まで用意し、アレクシに異端の嫌疑があると。彼らはわたくしたちが最新の研究結果を国家に開示すれば、アレクシの身柄を解放すると言っています」

わたくしは手にしていた扇を手すりに向けて振り下ろします。

扇は折れ砕けました。

「このような蛮行が許されますか！」

「否！」

口々に否定の声が上がります。

「わたくしは屈しない。そのような要求に応えてやるつもりはありません」

そこで一旦視線を外します。

「ただ、これは王家及び、この国の教会の長が完全に敵に回ったことを示します。危険もありましょう。それは家族、友人に及ぶかもしれません。あなたたちはここから距離を取っていただいても構いません。それでもわたくしたちは決して恨むこともなく、離れていった者たちもできる限り護ることをお約束しましょう」

返事はありません。ただ、真っ直ぐにこちらを見つめる瞳があるのみです。

「では戦いに移りましょう。まずはオリヴェル・アールグレーン卿こちらへ」

「お呼びでしょうか、我らが女王」

そう言って一礼し、オリヴェル氏が階段を上がってきます。

「わたくしの魔力を使って結界の術式を」

「危険なことであり、お勧めはいたしませんが」

「是非もありませんわ」

「御意」

わたくしが手を差し出すと、彼は跪きそれを取りました。彼の展開する魔術式がわたくしの手から流れ込んできます。

自ずと声が唇から発せられ、二人の声が重なりました。

「結界」


「アレクシ・ペルトラよ。随分と価値のある発明をしたようだな」

俺にそう語りかけるのはヨハンネス枢機卿だ。本来俺なんかと話すような身分ではないが、あのミーナと結婚した日以来会うのは二度目となる。

俺は王都の大聖堂に隣接するように建てられている枢機卿の屋敷へと連行された。

俺が黙っていると、彼は続ける。

「だが、そのように価値あるものはその価値を正しく分かるものが管理し、使用すべきだ。平民ではなくな」

豪奢な、玉座と見紛うような肘置きのある金の椅子に座る枢機卿は侍祭から酒盃を受け取り、葡萄酒が注がれていく。

教会が質素倹約だけでは威厳を保てないと言うのは理解できる。

だが教会ではなく聖職者の館がこれほどまでに輝いている必要はあるのか。俺も両親が死んでから孤児院に預けられていた時期があったが、そこの司祭の部屋には燭台くらいしか価値のあるものはなかったと言うのに。

ここは応接室だろうか。と言っても俺の座るための椅子はわざわざ退かされたのか用意されておらず、話を立ったまま聞いているのだが。

「何もお前たちから全てを奪おうと言うんじゃない。お前がその技術を差し出すなら悪いようにはしない」

「差し出す気はない」

彼はふんと鼻で笑う。

「無駄なことだ。審問に耐えられた者はいない。お前は自らの身体と魂を無駄に傷つけることとなる。連れて行け。ただ殺すなよ」

俺の左右の異端審問官が頷いた。そうして俺の腕を乱暴に摑もうとして、青白い閃光と轟音が起こる。

彼らは悲鳴を上げて床に転がった。

護衛たちが剣を抜きながら駆け寄って枢機卿との間に立ち塞がる。そして剣をこちらに突きつけた。

「貴様！　何をした！」

「何も」

さすがに枢機卿の護衛か。聖騎士らしく祈りを捧げ、魔術……いや神聖術か？　を使ったようだ。

「結界の術式を使っている様子です。恐らくは敵を弾き雷撃を加えるようなものが」

「解呪(ディスペル)せよ！」

「申し訳ありません、私より高位の術者のようです。試していますが解呪が効きません」

「アレクシ！　貴様魔術師か！」

「どうかな」

もちろん俺は魔術師ではない。オリヴェル氏がミーナを経由し、いま自分の服に大量に仕込まれているミーナの魔石を使って結界の術式を使ったのだ。

「術を止めろ！」

だから俺からは止められない。それを教えてやる必要はないが。

皮肉げに見えるように笑みを浮かべて言う。

「あなたは枢機卿を名乗るのに、神聖術が使えないんだな」

「黙れ下賤のものが！　……ちっ、魔力が切れるまでそこにいるのだな！」

こうして俺は拷問室に行くのを免れ、応接室に閉じ込められることとなった。

応接室の窓は急ぎ板で覆われ、複数ある出入り口は一つを残して封鎖された。扉の向こうで重たいものが動かされる音がする。なにか物で塞いだのだろう。

残った一つの扉の前には神殿の兵たちが看守代わりにこちらを見張っている。武器は鞘から抜かれ、随分と警戒されている様子だ。

俺は先ほどまで枢機卿が座っていた高そうな椅子に座ってみる。正直、座り慣れてきた自宅のソファーの方が良いな。

「勝手に座るな！」

そう言われてもな。

どやどやと兵士たちが動き、弓矢が持って来られる。さっきは触られた時に雷が走ったからな。飛び道具ということか。

ヨハンネス枢機卿の声がする。

「殺すことは罷(まか)りならん。手足を狙え！」

弦の引き絞られる音、風を切る音。思わず目を瞑るが、矢が身体に届くことはなかった。甲高い音とともに矢は弾かれ、マホガニーの机の上を滑って大きな傷をつけた。

「貴様っ！」

いや、知らんが。俺は首を竦める。

「食事を与えるな！　飢えさせてやれ！」

ああ、なるほど。肉体を傷つけない拷問もあるということか。

飯を与えてはもらえないが、葡萄酒が棚にあったのでちびちびやらせてもらっている。到底満足いく量ではないがチーズと乾果があったのは幸いだった。

飲んでるのを見た枢機卿には激昂されたが知らん。どこどこのヴィンテージで貴様ら如き平民が金を積んでも手に入れられないものなのだと言われてもな。

「せっかくの良い酒にとって不幸なことに、監禁されて飲んでも美味くは感じないものだな」

「貴様！　せめてこちらの出す他の酒と替えろ！」

「毒を仕込まない保証がないから無理だ」

水すら貰えないのは困ったものだが、ミーナの魔石が水属性を有しているのを利用し、枢機卿の使っていたクソ高そうな酒盃に射かけられた矢の鏃(やじり)を使って陣を刻み、少量ながら水の出る魔道具に加工した。

トイレに関してだけは応接室を糞尿まみれにして良いのかと伝えたら壺が用意され、しっかり回収もされるのでそれだけは快適だ。

轟音。

兵によって持ち込まれた鐘が打ち鳴らされる。

服を破って加工して耳栓とし、机を倒すなどして直接音のこないように遮っているが、簡易のものので完全に遮音できるというものでもない。ここは普通に王都市内であり、そこまで酷く、ずっという訳ではないのはマシだ。ただ、大きく不快感を与えてくる。

耐えろ、そうミーナは言った。こんな結界まで用意していたら辛いのは俺ではあるまいに。俺がすべきことは彼女たちが俺を救うまでただじっと待つことだ。

無駄な体力を使うな。考えるな。研究者である俺たちは分かっている。複雑な思考は特に体力を使うものだと。

椅子に座り、日夜の区別なく微睡(まどろ)み続ける。ただ彼女たちを信じて。

レクシーの身の回りに結界を張りました。これで安全なはずです。多分。一応。

不安……ええ、不安です。魔力の使用は魔石作成で慣れたとは言え、魔術を行使するのも初めてですし、その対象が目の前にいる訳ではないため、結果が見えませんからね。

「大丈夫ですよ、術式は完璧に発動しています」

わたくしのその表情を見てか、オリヴェル氏がそう言ってくださいました。

「オリヴェル様、あなたの魔力も使われたような気がしましたけど」

「そんなに長くは維持できませんが、敵意を持って触れたものに雷撃が走る術式をね。我らが社長が防御だけだと舐められては困りますので」

「ありがとうございます」

わたくしは目礼すると、振り返って皆に声をかけます。

「さて、取り急ぎレクシーの身を守るために動きましたが、改めてわたくしたちの行動についてです。屋敷の出入りは基本的に避ける。出る時は必ず点呼と記名を行うこと。外で捕まらないように、そして捕まったとしてもそれがすぐに分かるようにということですわね」

はい、と肯定の返事。

籠城の備えはしてありましたからね。食料品の貯蓄は充分ですし、水は魔力で作れますからそこは安心です。

魔石についても備蓄はありますが、各自生産を続けることや、鑑定事務所については安全性が担保できるまでは中止という旨を伝えます。

「王家、教会、ペリクネン公などからの使者は全て追い返しなさい。取り継ぎも不要、全て検討中と答えて構いません」

「畏まりました」

タルヴォが答えます。

「新聞屋などへの対応は事前に通達した通りに。研究者の方たちは何かありますか？」

「特にありません。奥様はどうなさいますか？」

「部屋で休むわ！　何かあったらすぐに声をかけてちょうだい」

わたくしはそう言って自室へと戻ります。

ヒルッカたちに囲まれて各所に魔石を隠した重いドレスを脱ぎ捨てます。柔らかい部屋着を着て、身を休めます。

わたくしはこれから眠りに落ちることは許されない。眠れば術式は維持できません、魔法が解けてしまいますから。

オリヴェル氏たちが眠りを必要としなくなる術式をかけてくれるとは言いますが、疲労は蓄積されるとのこと。できるだけ、身を休めつつ眠らぬように。

ですが先に行うべきことがあります。

わたくしは床に額ずいて祈りを捧げました。

「主よ、あなたの齎す公平さを失い、偽りの冠を被るもの、あなたの名をみだりに騙り、偽りの赤を纏うものがこの地におります。我が夫、アレクシは罪を犯さずして彼らの手に囚われました。主よ、どうかあなたが彼の避所（かくれが）になり、苦難の時には速やかなる佑助（ゆうじょ）となられますよう。そうあれかし」

あれから十日と少々、ただ結界の維持だけは切らさないように。

魔力はふんだんにあります。レクシーに持たせた魔石、わたくしの手元にある魔石。眠気はお茶や覚醒（アウェイクン）の魔術で飛ばしますが、疲労は身体や心の芯に澱のように蓄積していきます。

それでも夜はできるだけ休めるように身体を楽に。メイドたちが交代で寝ずの番をして、わたくしが眠りに落ちないよう見張ってくれているのです。

暁の光が東の空を紫に、赤にと染めていき、部屋にも光が差し込んでいきます。眠らぬために夜明けの景色を見ることができているのは幸いでしょうか。

「ではみなさん、交代でしょう。そろそろお休みになって」

「はい、奥様良い一日を」

「ええ、良い一日を」

夜番のメイドたちが辞去の挨拶をして去っていき、別のメイドたちが入ってきます。

「奥様、本日の新聞ですわ」

ヒルッカがいくつもの新聞を持ってきます。それは大手の新聞もあれば、路上の新聞売りのものも。

彼女はわたくしの横に座ると、テーブルにそれらを広げて読ませてくれます。

『王太子殿下の幸せな婚約の裏側』

『悪女とされたヴィルヘルミーナの真の顔とは？』

『貧民街の救世主、Ａ＆Ｖ社社長ペルトラ氏捕まる』

『王太子と枢機卿の疑惑の関係に迫る！』

『エリアス殿下失脚間近！　……か？』


大手では直接的に王家の批判となるような記事は書けませんが、大衆向けのものや貧民の手書き新聞売りのようなものでは読者の目を惹くようなセンセーショナルなタイトルがつけられますね。

「ふふふ」

思わず笑みが溢れます。

「奥様が悪そうな笑みを」

「だってわたくしたちが新聞社に情報を流したり、小規模や個人のところには資金提供すらしているのですもの。腹黒いものですわ」

「でも、彼らも喜んで記事にしてくれていますわ。貧民の間では密かに奥様の人気は高うございますから」

まあ、それはそうかもしれませんわね。色々な形で施しはしていますし。

ヒルッカは新聞の別のページを開いて見せます。

「それとこちらを」

『ナマドリウスⅣ世教皇聖下、ついに明日王都入り！』

聖下が我が国に入国したという報せが先日あり、ついに王都へ入るとの内容でした。

「まあ、ついに」

脳裏に一度お会いした時のお顔が思い起こされます。あとは聖下がわたくしたちとの望む通りに動いてくださるかですが……。

「奥様、疲れがお顔に出てございます。しっかりと磨いておかねば」

「そうね。よろしくお願いするわ」

きっと目の下には隈なども浮いているでしょう。……ですがその前に。

「オリヴェル・アールグレーン卿に連絡を。以前お伝えしたように演出をと」

僕の女王たる彼女、ヴィルヘルミーナは言う。

「人間の業と誰も思えないほどの威力なら行使していただいて構いません。疑われるような威力であるならおやめください」

我らが女王は魔術師の自尊心をくすぐる方法を知っている。

「100カラット級以外の魔石なら使えるだけ使っていただいて構いませんよ」

そして魔術師が喜ぶことも分かっている。

つまり、全力でぶっ放すってことだ。

弟子たちの手によりペルトラ家のバルコニーに魔術儀式のための道具が運び込まれ、聖水によって清められる。バルコニーに立つのは僕一人。だがバルコニーへと続く部屋にて、弟子たちは目を爛々と輝かせてこちらを見つめる。

大魔術師が全力で行使する魔術なんて見たことはあるまい。いや、全力以上か。

バルコニーの中央に立ち、王都を、東の天を見つめて息を整える。

「我が前に風の王、我が背後に水の王……」

ああ、そうだ。四大の精霊を喚起する詠唱だって久しぶりだ。魔術に熟達し、詠唱が自在に破棄できるようになった僕をして詠唱なくては制御できない程の儀式魔術(リチュアル)。

「右手には火の王、左手には地の王……」

僕の周囲の地面には六芒星、四方にはそれぞれ五芒星。その全ての頂点である二十六ヶ所に僕の魔力で造られた雷属性魔石。

「我が内なる炎の五芒星、光輝の六芒星を以って命じる。起きよ、風の王」

周囲が濃密な気配で満たされた。僕以外に誰もいないというのに。

だが、右目の金の魔眼には無言で僕を見下ろす風の王の姿が見える。彼の顔らしきものを見上げ

て笑みを浮かべる。

「覆え天蓋、日輪翳(かざ)し、昏き世界で権能見せよ」

蒼天は俄に掻き曇り、分厚く黒い雲に王都は覆われた。

雲の中では無数の微細なる氷が擦り合わさることによって力が蓄えられるという。雲を攪拌(かくはん)するようなイメージ。

雨は降らない。ただ風が吹いては雷雲が轟き不吉に唸りを上げる。

王都の民が惑うのが分かる。背後の弟子や、屋敷の従僕たちも天を見上げる。気持ちは分かるとも。……見るなと言っていたのだが。

「地に生けるもの王の腕より逃げ場などなし。天の光が万象砕くその名は雷霆(らいてい)！」

僕の手が天に突き出されるのと共に、魔石の、僕の魔力が全て風の王へと流れ込む。まるで巨人のように膨れ上がった王は、天に掲げた両の手を振り下ろした。

空全てが蒼白く染まるような閃光の奔流。そして天が破れる轟音が二度響いた。

屋敷で、王都中で悲鳴が上がる。

そして大聖堂の尖塔の一つと、王城の見張り塔が一つ。がらがらと音を立てて崩れ落ちていった。

風の王の姿が消えてゆく。魔力を使い果たして足がもつれる。

バルコニーにへたり込みながら呟いた。

「……これなら天罰には十分だろう、女王陛下」

王都を分厚く覆っていた雷雲は、二発の雷を落としてその役目を果たしたかのように薄れていきます。

凄まじい威力の雷でした。ヒルッカやメイドたちがぶるぶると震えています。

「…………？」

大丈夫？　そう問いかけたはずなのに自分の耳が声を捉えられません。離れていてもこうなのです。落雷は塔に落とし、人には当てぬようとオリヴェル氏に伝えていましたが、落ちた側での被害はいかばかりか。硝子なども割れているでしょう。

「あー、あー」

やっと音が戻ってきました。屋敷の被害状況、王城や大聖堂の様子を確認するようにと指示を出し、オリヴェル氏のいらっしゃるバルコニーの部屋へ。

彼はやりきったという満足げな表情で椅子に座っておられました。

「見事でしたわ。オリヴェル様」

「うむ、そうだろうそうだろう！」

ちなみにもしあの謁見の日、王家にわたくしまで捕らえられていたら、これを玉座に向けて落とすという話でしたからね。彼らも命拾いしたというものです。

「ともあれ、これで僕の仕事は終わりだ。もちろん、兵たちがここを攻めることがあるなら再び僕の魔術が火を吹くだろうが、聖下が来ている最中にそれもあるまい」

「ええ、後は政治の時間ですわ」

彼は肩を竦めます。

「僕の好まない話だよ。魔術の研鑽と研究さえできれば良いというのに。ともあれ、僕がここまでやったんだ。アレクシ君は必ず救ってくれたまえよ」

オリヴェル氏とレクシーは仲が良い。エリート街道を走った者と、貴族たちに抑えつけられていた者、その道のりは違いますし、分野も違いますが研究者として互いを認めているのでしょう。

わたくしは淑女の礼をとります。

「お任せくださいまし、言われずともレクシーを救ってみせますし、A&V社は今後もオリヴェル・アールグレーン卿とその御一門にいつでも特上の魔石をお届けいたしますわ」

彼は姿勢を正すと手のひらを差し出します。わたくしがそこに手を乗せると、彼はその指先に口付けたのでした。


『教皇聖下本日王都入り!』

『青天の霹靂！　王城と大聖堂の尖塔崩壊』

『天罰か神の怒りか！　王都に巨大落雷』

『教皇聖下王都入り前に浄化の奇跡か!?』

そして翌日の新聞の見出しはこうなります。先に王家と枢機卿を悪役にするような民意が醸成されていましたからね。よもやA&V社の関与や魔術によるものとするような記事があろうはずもありません。

昨日から夜を徹して落雷のあった場所での瓦礫や割れた硝子の撤去工事が行われ、王城と大聖堂の尖塔は白い布で覆い隠されました。

わたくしたちの屋敷の周囲を取り囲んでいた兵たちも、火急の事件にその多くが呼び戻されたようです。聖下の警備もありますしね。それは城内や聖下がパレードなさるメインストリートのみならず、王都中での警備治安維持ということもありますから。

屋敷のバルコニーから少しだけパレードの様子が見えます。

天井のない馬車に乗った聖下が、歓声に包まれ、無数の花弁が撒かる中をゆっくりと城へと向かうのが僅かに見えました。

そして翌日。

王家から緊急の呼び出しがあったのです。


「使者の方、ようこそお越しくださいました」

「今日はお会いいただけるのですな」

わたくしの挨拶に答える声には明らかな不快の念が滲んでいます。この十日間以上、会うこともなく追い返していましたからね。

わたくしは儚く見えるようにと意識した所作で笑みを浮かべて小さく声を出します。

「申し訳ありません。不敬とは分かっているのですが、夫が囚われた心労で倒れておりまして……」

実際、わたくしは魔術で維持しているとはいえ十日以上も寝ておりませんからね。窶れてしまっていますし、そう見えるでしょう。

わたくしがハンカチーフで乾いた目尻を押さえると、彼の顔には同情が浮かびました。

「なるほど、しかし今回はそう言って断られる訳にはいかんのです」

そう言って使者の方は咳払いをし、書状を広げて読み上げました。

「偉大なる王国の落ちぬ太陽、ヴァイナモⅢ世陛下の仰せである。ヴィルヘルミーナ・ペルトラは急ぎ登城するようにと」

「御意にございます」

わたくしは尋ねます。

「王城にはナマドリウスⅣ世教皇聖下もお越しになってますが、いち平民であるわたくしがこのような時に登城しても宜しいのでしょうか？」

「その聖下がお前たち夫妻の名を出したのだ。急ぎ支度せよ！」

「畏まりましてございます」

わたくしは深く礼をとりました。笑みの浮かぶ顔を隠すために。

そうして踵を返し、使用人を呼びます。

「タルヴォ！　聞いてましたね、城に参りますので用意を。ヒルッカ！　身嗜みを整えます、急いで！」

わたくしは歩きながらヒルッカにそっと耳打ちします。

「勝ったわ」

最終章：決着とそれから

「ナマドリウスⅣ世聖下の御成にございます！」

謁見の間、門の前で兵たちが声を上げる。余とイーナは並んで頭を下げる。父王も玉座に座って待つのではない。立ち上がり、壇上より降りて同じ高さで待たねばならないのだ。

ゆっくりと、片手を美しき侍者の少年に取られ、もう片手で白銀の聖杖をついて歩く老爺。

青と白に金糸の刺繍がなされた教皇のローブを身に纏い、頭上の宝冠にはパトリカイネンの王家に伝わる宝冠とは比べ物にならないほどの大きさの宝石が輝いている。

その宝冠の下に輝くのは深い深い青の瞳。心を見透す心眼。

「……ひっ」

見た瞬間に魂を摑まれたかと思った。

汗が噴き出る。イーナが心配そうにちらりとこちらを見た。

「ようこそお越しくださいました。ナマドリウスⅣ世聖下」

「おお、ヴァイナモⅢ世陛下、愚禿を歓迎いただき感謝いたします。しかし、どうも大変な折にきてしまったようですな」

父が挨拶をし、聖下がそれに応じる。

側にいるヨハンネス枢機卿の身体がびくりと揺れた。

口さがない貴族や平民たちからは昨日の落雷を天罰などと言う者もいるが、流石にそんな風説が聖下の耳には入っておるまい。

だが枢機卿にとっては自らの大聖堂で聖下を招いて執り行うはずの儀式が別の教会となって憤懣やる方ないだろう。

そして一通りの儀式的な挨拶を終えた後だった。

「ところで……」

椅子へと座った猊下がふと思いついたように口を開く。

「愚禿はペルトラ夫妻に会うのを楽しみにしておったのですが、こちらにはいらっしゃらないのですかな？」

誰もが空気が凍ったのを感じた。

聖下は好々爺然として笑っている。だがその瞳は冷徹に余らを観察しているかのようであった。

父が掠れた声で言う。

「か、彼らは平民ゆえ、この場にはおりません」

「ああ、なるほど。それは失敬」

「あ、あの。教皇聖下。彼らとご面識が、おありで？」

ヨハンネス枢機卿も詰まったような声を出す。

「うむ。一度会ったことがあるが、とても興味深い若者たちであった。そう言えば……」

聖下の視線がこちらに向く。

「ペルトラ夫人は元々エリアス殿下の婚約者であったとか」

「は、はい」

「昨年、ペルトラ夫人、いや当時はヴィルヘルミーナ嬢でしたか。彼女は市井にて悪女との噂が流れていたそうですが、なかなか噂など当てにならぬものですな」

「そう、でしょうか?」

これを肯定するわけにはいかぬ。あれが悪女でなかったとなると余がヴィルヘルミーナを追放したのに正当性がなくなる。

「なるほど、さもなくばアレクシ・ペルトラ氏が彼女を良き方向に導かれたのでしょう」

「……それは、幸いなことですね」

くそっ、なんたる屈辱か。

教皇聖下は余よりもあの平民を有徳の人物であると言う、それを余が認めなくてはならないというのか!

余は怒りを隠して頷く。

「そう言えば、愚禿は王都に入る前にくだらない噂を聞きましてな」

そう言いつつ指で斜め上を指す。大聖堂の方角を。

「王都の外からも見えました昨日の落雷、何やら天罰であると?」

……知って、いるのか。まるで心に亀裂でも入ったかのようにピシリという音が響いた気がした。

「そのような……ことは。げ、下賤の者どもの世迷言に過ぎません」

「いけませんよ、陛下。あなたの大切な民を下賤の者などと呼んでは。ただ、そうですな。世迷言というのは一理ありますな」

蒼白となっていた父の顔に僅かばかりの喜色が浮かぶ。

「そ、そうでしょう！　天罰などとんでもない」

「ええ、天にましますす神は地上で起こる瑣事に、直接介入して罰を下さることなどはありません」

そう言いながら聖下は片手で聖印を象った。

こくこくと余らの首が縦に振られる。

そして固まった。

「……問題は、なぜ天罰という噂が流れているかですな」

「ペルトラ夫妻はご健勝なのでしょうな？」

「は、はい！」

聖下はため息を吐かれた。

「これでも教皇ですからな。よもや嘘ではないでしょう。愚禿が彼らの屋敷にお邪魔させて貰うか、ここに呼び出してもらうかどちらが良いですかな」

こうして謁見の間での公的な会談は短時間で中座し、貴族たちは帰された。

そして慌てて使者が走ることとなる。

この場で会わせるのも恐ろしいが、見ていない場で会われるのはもっと恐ろしい。そういう感覚。

目眩がするような気分でいると、余の手がそっと握られた。

「イーナ……」

彼女のチョコレートブラウンの瞳がじっとこちらを見つめ、余の正気を繋ぎ止める。

彼女の手もまた震えている。逆の手に持つ扇で口元を隠すと、顔を寄せて囁いた。

「わたしの幸せはエリアス様と共に」

何の具体的な解決策にも繋がらない言葉だった。

思わず激昂しかけ、聖下の前と思い口を噤む。

イーナはすっと顔を離した。手を握ったまま。

そうではない。余は……そうだ……余はそこで具体的な献策をするヴィルヘルミーナを五月蠅いと遠ざけたのではなかったか。ただ心を安らかにしてくれるイーナを求めたのではなかったか。

熟慮されますよう。

そう言ったのは誰だった。

過去を見つめ直し、今を大切に、未来を熟慮されますよう。

ヴィルヘルミーナしかいない。あの後、彼女は何と言っていた?

「ペルトラ夫人ヴィルヘルミーナ様がご到着されました！」

従者の声が謁見の間に響く。破滅が、美しい貌をしてやってきた。

わたくしが王城へと向かうと、いらしたのは陛下、王妃殿下、王太子殿下、イーナ嬢、教皇聖下、枢機卿猊下、ペリクネン公、宰相閣下。

視線を素早く部屋全体に送りましたが、レクシーはまだいない。

両の膝を突き、頭を垂れます。

「ヴィルヘルミーナ・ペルトラ、仰せにより罷り越しました」

「うむ、掛けるが良い」

呼び出されたのは会議室です。こちらは初めて入りますが、陛下が臨席する場合のみ使われる最も格の高い会議室でしょう。

内装も気品があり、瀟洒な椅子が四角く並べられています。最奥の上座にはヴァイナモⅢ世陛下とナマドリウスⅣ世教皇聖下が座られており、下座には二つの椅子が並べられていました。わたくしとレクシーのための席でしょう。

その一つに腰を下ろします。

教皇聖下のみが笑みを浮かべ、他の方々は非常に顔色が悪いというか気まずそうというか。

高位の方からの発言がないと誰も話せないため、妙に長い沈黙が部屋に落ちます。陛下がゆっくりと口を開きました。

「あー、ペルトラ夫人」

「はい」

「息災かね」

「捕らえられた夫のことが不安で夜も眠れず……」

んぐっ、と陛下の喉から音がしました。ふふ、これ何を言われても皮肉で返せてしまいそうですわね。会話がとまったためか教皇聖下が口を開かれます。

「久しいですな、ペルトラ夫人」

「おひさしゅうございます、教皇聖下」

本当に知己であったのかというような驚愕の表情を周囲は浮かべます。

「少々お痩せになられたのでは?」

わたくしは頬に手を添えます。

「見苦しい姿をお見せしてしまい申し訳ございませんわ」

「見苦しいなどとんでもありませんぞ。今もお美しくいらっしゃる。ですが夫のペルトラ氏が捕らえられたとはどういうことです?」

教皇聖下の見えない位置でヨハンネス枢機卿が黙っているようにと言うような仕草をなさいます。

知ったことではありませんわね!

「二週間ほど前のことです。わたくしの夫の発明に関して王城に呼び出され、謁見の間にて陛下たちと話しておりましたの。そこに枢機卿猊下がいらっしゃり、我が夫アレクシの発明に異端の嫌疑があるとの告発があったと」

「ヨハンネス、そうなのかね？」

教皇聖下が振り返りました。問われた彼の肥えた顔が血の気を失います。

「は、それはですな。あー……」

「答えたまえ。これは正式な審問であると心得よ。異端の嫌疑の告発があったのは事実か？」

「はい」

「それは誰からか？」

「こ、告発者を保護する観点からこの場で申し上げることはできかねます」

確かにそうなのでしょう、しかしこの場合は告発しようと言う話し合いを為した相手が陛下だからですわね。

「良かろう。アレクシ・ペルトラ氏を異端の嫌疑で捕らえたか？」

「……はい」

「尋問の結果、彼は異端であったか？」

「い、いいえ」

「ではなぜ解放していない？」

だらだらと額から流れる汗をチーフで拭いながら答えます。

「そ、それがまだ尋問ができておらず」

「ほう？」

わたくしはこっそりと胸を撫で下ろします。

ああ、わたくしの結界はきちんと発動し維持できていたのかと。

「それが……何やら不可視の壁のようなものに包まれていて触れることもできず、最初に話をしていた部屋に閉じ込めてあるだけなのです」

「ふむ、監禁しているということか。先ほど健勝なのかと尋ね、汝は肯定したがそれは尋問していないという意味であるかね？」

「は。そういうことです」

尋問と仰っていますが、異端審問と言えば実際には尋問ではなく拷問ですからね。

「なぜその報告が愚禿にあがっていないのだね？」

「は？」

「当然、解呪は試しておるな？　それも効かず長期にわたって結界が維持され続けており、ヨハネスでは対応できていない。それは奇跡管轄庁または愚禿に連絡すべき案件の筈だ。違うかね？」

「相違……ありません」

「どちらかへの報告はしたか？」

「その用意をしているところで……」

「ではこの後、汝の屋敷へ行けばその送るところであった手紙が読めるということかな」

沈黙が返ります。

「愚禿は審問であると心得よと言ったのだがな……」

「申し訳ありません！」

ヨハンネス猊下は身を丸めるように床に跪きました。

「まあ、続きはまた後であるな」

そう言って教皇聖下は入り口の方に視線をやりました。扉をノックする音。兵がよく通る声で言いました。

「アレクシ・ペルトラ様がご到着されました！」

……レクシー！

わたくしは思わず立ち上がって振り返ります。

レクシーは車椅子に座り、押されて来ました。

「レクシー！」

わたくしは思わず駆け寄りました。抱き着こうとして張り続けていた結界に弾かれ、それを解除して抱き締めます。

「レクシー！」

「ああ、ミーナ。会えて良かった」

彼は儚く笑みを浮かべ、掠れた声を返します。

頬を寄せ合いました。

……ああ、こんなに痩せてしまって。せっかく一年以上かけてレクシーの体格を標準に近づけていったと言うのに、これでは会った頃に逆戻りです。

わたくしは跪くヨハンネス猊下を睨みつけました。

何が健勝と言うのか！

「……立ちあがる」

「大丈夫なの？」

「ああ、怪我や病気ではないから」

そう言うとレクシーは車椅子から立ち上がります。わたくしは彼の右腕を支えて共に歩き、ゆっくりと数歩進んだところで彼は膝を折ります。

「アレクシ・ペルトラ、仰せにより罷り越しました」

「うむ、掛けるが良い」

レクシーの手をとって立ち上がるのを補助しますが……軽い。不安になる軽さです。

「随分と窶れられたな」

陛下が尋ねられます。

「枢機卿の屋敷に監禁されている間、毒を警戒して出された食事に手をつけなかっただけです。お構いなく」

「……そうか」

「アレクシ氏。お久しぶりですな」

教皇聖下が声をかけられます。レクシーは座ったまま会釈をしました。

「ええ、お久しぶりです」

「毒を警戒するとは教会に不審が？」

レクシーは少々動きを止めて考えます。いえ、彼の視線の動きからして言うことを考えているのではない。躊躇、いや覚悟をしているのでしょう。

「教会全体に対する不審ではありません。ですがパトリカイネン王家並びに王都大聖堂教会を信用するなど到底できかねますな」

「不敬であるぞ！」

「あなたたちが私たちに敬意を払われるような振る舞いをしてきたとでも言うつもりか？」

「王の権威に民が従い畏敬するのは当然である」

レクシーはわざとらしく椅子に浅く座り直して脚を組みました。

「権威があれば平民に祝福されぬ結婚を命じ、成果を略奪しようとし、無実の罪に問うことも許されると。そしてその当事者であっても敬わねばならないと」

レクシーは鼻で笑います。

「クソ喰らえだ」

「何だと？」

王が聞き返し、イーナ嬢の顔が青褪めます。

わたくしは少し身を乗り出し、レクシーの袖をそっと引きました。

「旦那様、平民のお言葉では伝わってませんわよ」

「あなたの仰る要求を呑むのは排泄物を食べるよりも苦しいのですが、まずはご自分の出した排泄物を召し上がられては如何でしょうか陛下？」

「あの者を引っ捕えよ！」

陛下が立ち上がって叫び、控えていた護衛たちが武器を構えつつ駆け寄り、わたくしは首飾りをむしるように千切り取って構えます。

「喝！」

教皇聖下が叫びました。

それは音というよりも魔力を伴った波動。大気ごと固まったかのように誰もの動きが止まります。

「……ペルトラ夫人、恐ろしい女性よ。皆、動くでないぞ。この場の全員の生殺与奪を握っているのは彼女ゆえな」

わたくしの手の中で輝く魔石。それを見て仰います。

「王よ、矛を収めてはくれぬか。愚禿も充分生きはしたが、死にたいわけではないぞ」

「なにを……？」

「分からぬか。あの首飾りについてる大粒の石は全て魔力の満ちた魔石よ。それも暴発寸前のな。この逃げ場のない会議室で爆発したらどうなると思うかね」

わたくしは言います。

「兵を引かせれば止めます」

陛下は腰が砕けたかのように椅子に身を落とし、手の一振りで兵を引かせます。わたくしも首飾りを膝の上に置きました。

「ペルトラ夫人は判断が早い。覚悟が決まっていると言うべきか」

「当然ですわ」

「なぜかね？」

「温厚な夫にこんなにも怒りを抱かせ、こんなにも嬲れる目に遭わせているのですわ。わたくし、神の信徒ではありますが、経典の聖人たちのように敵を許すような気性ではありませんもの」

ヨハンネス猊下が言います。

「まて、彼が食事をほとんど摂らなかったのは彼自身の判断であり、それを強要はしていない！」

「ええ、それは先ほど夫の言っていた通りなのでしょう。枢機卿猊下の監禁の是非については夫に語ってもらうとして、わたくしから言えることは一つ。これが問題ないと言うなら、枢機卿猊下も体重を半分以下にすべきですわね」

ふっと、ナマドリウスⅣ世聖下が笑われました。

「まあ聖職者にしては肥えすぎているだろうね」

「節制の徳目を守っているとは思えませんわ」

「ヴィルヘルミーナ・ペルトラよ。貴女の憤怒の悪徳を許そう。代わりにこの場ではヨハンネスの暴食の悪徳を許しても構わぬだろうか」

わたくしは頷き、教皇聖下は二度祈りの所作をなさいます。

「これにて罪は許された」

陛下から咳払いが一つ。

「教皇聖下、その、我が国での犯罪をそちらで許されては困りますな。彼女は王を弑そうとした大逆者ですぞ」

「ふむ、内政に干渉する気はない。それは教皇としての役目ではない故にな」

「え、ええ！」

陛下は勢い込んで肯定し、枢機卿は俯いたままです。枢機卿の罪を裁くのは聖下の役目ですからね。

「彼女の処遇についてはここでの話が終わった後であればそちらの自由にして構わんよ」

わたくしも頷きます。

「さて、アレクシ・ペルトラよ。汝の怒りを許すにはただ愚禿が祈るだけでは難しそうだ」

レクシーは答えず、身じろぎします。

「汝がなぜその怒りを感じたのか、告解してもらわねばな」

教皇聖下がにやりと笑みを浮かべました。

「ええと、なんだ。平民に祝福されぬ結婚を命じ、成果を略奪しようとし、無実の罪に問うことも許されるであったか？」

レクシーは説明していきます。あの初めて出会った日の話から始まり、小さい家に押し込められたこと、魔石製作をする機構についてはぼかして話していましたけど、その製作と完成、そしてそれを献上するよう求められたこと、断れば異端であるとの判断を下されて捕らえられたこと。

「お疲れのところ長く語っていただき有難うございます。ペルトラ氏」

そう言った後、ナマドリウスⅣ世聖下はしばし考え込まれると、では順番にと言って語り出しました。

「そもそもの罪はエリアス王太子殿下が、既に結ばれていた当時のヴィルヘルミーナ嬢との婚約がなされている状態でイーナ嬢と不義をなしたことと。エリアス殿下、異議はありますかな」

「……ヴィルヘルミーナはイーナ・ペリクネン、当時のマデトヤ嬢を殺そうとした」

わたくしは手を挙げ、発言の許可をいただきます。

「それは殿下がわたくしを公の場で貶め、平民へと落とし、アレクシ・ペルトラと婚姻させた理由ですわ。その行為の是非は別として、不義はそれよりも前の話です」

殿下は諦めたように呟きます。

「そうだな。……余と汝の間には愛が無かった」

わたくしは頷きます。

「愛は双方の力で成し得るもの。その責はエリアス殿下のみならずわたくしにもあるでしょう。それを育もうという意志を早い段階で諦めてしまった」

わたくしと彼の間にあった関係は無味乾燥としたものになっていた。

教皇聖下は問われる。

「なぜですかな？」

「殿下に拒絶されるのが続いたこと、父に相談しても取り合ってはくれなかったこと。浮気が始まってからは特にですわね。殿下やイーナ嬢を口頭や文書にて何度もお諫めしましたが、結果は変わらず」

わたくしは少々上を向いて考える素振りを見せます。

「だから殺そうというのは今思えば短絡的だったでしょう。冷静に考えれば他にやりようもあったはずです。しかし、父と婚約者の殿下から拒絶されている当時の選択としては、そう問題があったとも思いませんわ」

「無償の愛を注ぎ続けるのは難しいものです。ペリクネン公はいかがですかな」

「……娘を拒絶など。ただ、静観しているようにと伝えただけです」

「陛下はいかがですかな？　知らなかったとは言いますまい」

「学生時代の気の迷いだろうと、甘く見ていたのは事実です。ですが、外遊中にあのような婚約破棄を行うなどとは思っておりませんでした」

ペリクネン公のは嘘、陛下のは事実ではあるでしょう。ただ、論点をずらして責任を回避しようとしているように思いますわね。

しかし教皇聖下はそこを追及せず、殿下に向き直ります。

「ではイーナ嬢は異論はございますかな」

「いえ、ありません。わたしは……ヴィルヘルミーナ様に申し訳ないことをいたしました」

彼女は頭を下げます。

ふむ、認めますか。以前直接話したときからなんとなくそう言うであろう気もしていましたが、この場が一つの議論の場であると考えた時、彼女の勝利条件とは何で、そのために何を考えているのでしょう。

わたくしは問います。

「ねえ、イーナ様。王太子妃となるべき教育を一年以上してきたあなたに問いますわ。わたくしがあなたを殺そうとしたのはおかしな振る舞いだったかしら？」

「いいえ、当時のわたしの行いと立場、ヴィルヘルミーナ様の立場と状況を思えば、それは当然考えられる選択肢であったかと」

「イーナ、余を裏切るか！」

「いいえ、殿下、わたしは決して裏切りません。ただ、正直に思うところを述べただけです」

イーナ嬢はエリアス殿下の袖を摑み、顔を近づけて瞳を覗き込むようにして言いました。

「イーナは、エリアス様の、味方です」

「イーナ……」

「そしてヴィルヘルミーナ様は恐らく……」

「わたくしの心を代弁する権利を差し上げたつもりはございませんわよ」

こほん。と小さく咳払いを一つ。

イーナ嬢がそっとエリアス殿下から手を離しました。

「さて、エリアス殿下。なぜ婚約者ヴィルヘルミーナを愛せませんでしたか？　愛そうと努力なさいませんでしたか？」

「なぜ……」

エリアス殿下の額に苦悩の皺が浮かびます。

「ええ、経典に愛せと幾度も書かれているのはそれだけ愛することが難しいからに他なりません。しかしなぜ愛せなかったのか、どうすれば愛せるのか。どうしたら愛し続けられるのか。その答えは自らの魂の底に問いかけねばならないのです」

長い、長い沈黙が落ちました。そうして茶葉が開くほどの時間が経ち、ぽつりと声が漏れました。

「……家庭教師の先生がヴィルヘルミーナを褒めたのだ。父も、母も」

王妃殿下が扇を取り落とします。

「従者たちも、友人も。奪われていく……気がした」

殿下がこちらを見ます。彼の碧眼が真っ直ぐと澄んで見えるのは随分と幼い頃以来であるような気がしました。

「済まなかった。全ては十年の遅きに失しているが、余は汝を敵だと思っていたのだ。そんな筈はなかったのに、一番の味方であった筈なのにな」

わたくしは黙って頷きます。

エリアス殿下はおぼつかぬ足取りで立ち上がりました。

「陛下、教皇聖下。余は……私は王位継承権を放棄したい。その罪の全てを認め、罪人として裁かれることを待ち、その罰を全て受け入れよう」

そして両の膝を床に突きました。

「そしてもし許されるならイーナの助命を」

エリアス殿下は続けます。

「余は民衆の前で首を落とされても構わぬ。それだけの罪を犯した。ただ、イーナは罪を犯していない」

わたくしはその言葉に鼻で笑って見せます。

「イーナ嬢とて人の婚約者に横恋慕しているのですから、それは罪ですわよ。その相手が王太子で、略奪した相手が公爵の娘であるならその罪は軽くはないですわ」

エリアス殿下はこちらを見上げます。

「ただ彼女がわたくしの失脚などの陰謀に関わっていないと判断されるのであれば、それは死に値する罪ではないかもしれませんね」

別にわたくしは元よりイーナ嬢を殺したいほど憎んでいる訳ではありませんし。殿下たちだって正当に罰せられるべきですが、その首を刈って楽しむような趣味はありませんの。

でもこう言っておけば、ねえ?

殿下は床に膝を突いたまま語り出しました。

「ペリクネン公とはヴィルヘルミーナとの婚約破棄を行う前から、彼女を排除してイーナを養子とするよう話はついていた」

「やめなさいエリアス殿下！」

「ペリクネン公、静粛に」

「ペリクネン公と彼の執事によりヴィルヘルミーナが公の配下である暗殺者を動かすように仕向けていたのだ。そしてそれを知っていれば、王太子派の騎士により適切な護衛ができる」

ああ、殿下とペリクネン公が密約していたであろうことは想像できていましたが、なるほど。そこから誘導されていたのですか。確かに公爵家の暗殺者がイーナ嬢を殺せなかったのは不自然ではあったのです。

マッチポンプというやつですわね！

こうして彼の口からはペリクネン公とヨハンネス枢機卿の関与、それと王太子派の貴族や騎士の名が出されました。そして王家の陰の私的な流用についても。

「国王陛下、王妃殿下についてはこの件に関与していません。無論他の王子王女も。外遊から戻られて陛下に叱責され、王太子から外すことも示唆されましたが、結果としてはそのままでした」

「彼女の相手に私を選んだのはなぜです？」

レクシーが問います。

「すまんが、平民なら誰でも良かったのだ。受勲し、公爵家の問題ある姫を下賜するにはちょうど良い口実があり、商家など特に裕福な者でなく、気位の高い貴族令嬢が嫁いだ先で困惑するのであればな。我が派閥の貴族にかつて汝が勤めていた研究所の所長がいて、そこからの推薦であった」

教皇聖下が仰います。

「その貴族も審問するかね？」

「いや、構いません。彼はどうせ立ち行かない」

レクシーの唇が弧を描きました。

「ほう？」

「A&V社で平民の優秀な研究者を全部引き抜いていますから。貴族子弟の方が高度な学問を受けやすいことは事実でしょうが、それについていける平民を冷遇していてはね」

教皇聖下は楽しそうに笑まれます。

「なるほど、特に罰さなくとも地位が失われるということかね」

「ええ、引き抜いた彼らは有能で、楽しそうに働いてくれてますよ。国王陛下が研究内容を掠め取ろうとしたのも分かる。魔石製作機を自国で開発しようとしてもできないのでしょうよ。研究の準備や地道な時間の掛かる研究、結果の纏めなど裏方の仕事をしていた者が研究所にいないのだから」

陛下は目を逸らしました。研究所の質の低下という側面。なるほど、レクシーは自分と同じ立場であった者たちを救うと同時に、こうして相手への打撃も与えていたのですね。

「国立研究所に大々的な引き抜きをかけるとは……」

「貴族と平民の身分の差だけで待遇を大きく変えすぎだったのですよ。労働時間の平均は貴族の研究者の倍近く、給与は半分に満たない。その待遇がおかしいだけです。今のウチだって国立研究所の貴族の研究者ほどに金を渡している訳じゃあない」

わたくしも頷きます。

そうですわね。会計面の管理はわたくしが社の管轄ですが、今我が社で雇っている研究者たちは平民として明らかな高給取りですが、貴族の研究者よりは安い。勤務時間も元よりずっと少なくしているのですが、無給でも良いからキリの良いところまでやらせてくれとよく陳情が上がってきますから。

結局、給与には反映させませんが、魔素集積と結晶化のレクシー号、ミーナ号のバージョンが上がるたびに成果給として与えています。……あら？　それを入れると貴族の研究者以上に稼いでいる気も。

「所長も貴族、研究所を監査していたのも貴族ですわ。その管轄は陛下や宰相閣下のものです。彼らが報告を改竄（かいざん）しているのに気づかなかったのか、報告はなされていたのに無視していたのかは存じません。ですが無能の責任転嫁は困りましてよ」

「無能とは何たる無礼を！」

「無能の責はここで問いません。ですが、アレクシ・ペルトラが研究所に入るより前からそれは常態化していた筈です。国家の百年先を見据えて平民へ学問の門戸を開き、研究者として雇っていた国策が、このような有様で放置されていたのを無能と言わずしてなんと致しますか」

わたくしたちでなくとも、例えば隣国に引き抜かれる可能性もあったのですから。

教皇聖下は頷きます。

「では良いかね？　ペルトラ氏が異端の嫌疑を押し付けられた話に戻ろうか」

教皇聖下は疲れたようにため息を吐かれました。

「異端審問、魔女狩り、魔術師への迫害と抗争、もうそういった時代は終わったというのにな。こうして都合よく使おうとする者は教会の中枢にも末端にも、王にも平民にも後を絶たない」

隣人同士が監視し合い、異端の告発をするような酷い時代があったと習いますからね。それもたった百年ほど前の話です。

ヨハンネス猊下は抗弁します。

「しかし、教会法において異端審問はまだ現役です。異端の嫌疑があると告発するのも、それに従って審問を行うのも、無法をした訳ではございません」

レクシーが首を横に振ります。

「枢機卿猊下に尋ねたいのだが……、私は捕らえられている二週間もの間、一度も信仰について貴方やその部下に尋ねられなかったのだが、それは異端審問として普通なのかね?」

枢機卿猊下は言葉を失いました。ナマドリウスⅣ世聖下が追って尋ねられます。

「どういうことかね? ヨハンネス」

「あ、いや、その」

即、嘘であると言えずに口籠もってしまったために返答に窮(きゅう)しているのでしょう。

「人の身で魔石を創り出しているのは明らかな神への冒瀆、審問するまでもないことです」

ああ、彼は自らの死刑執行書にサインをしてしまった。

「ほう、魔石を創るのは罪深いことか。それではペルトラ氏の発明は封印されるべきであり、人の手による魔石を使うことなど罷りならん。そう言っているのかな?」

教皇聖下は一同を見渡します。陛下は少々渋い顔で、ペリクネン公はしっかりと頷きました。国としては魔石製作を行いたいのが本音、ペリクネン公としては魔石は自領で産出されるものの値崩れを防ぎたいのが本音でしょう。

もはや関係ありませんけども。

「経典の恣意的な解釈と思えるがね」

そう言いながら教皇聖下は冠を外されて手に持たれ、禿頭を撫でられてから冠を掲げられました。

淡い水色の巨大な魔石がシャンデリアの灯りを反射して煌めきます。

「ところでだ。〝世界の涙〟と銘付けられたこの中央の魔石。彼らからの献上品であるのだが、つまり愚禿もまた異端であるとヨハンネス枢機卿は言うわけだ」

彼らの口がぽかんと開かれ、ヨハンネス枢機卿は床に倒れました。

「いや、告発は構わないとも。教皇の不信任を問うのも枢機卿に課せられた大事な仕事であるからね。しかし教皇が異端であるとなれば、それは各国の枢機卿を招集した場で行う必要があるねえ。全枢機卿の前で愚禿は異端だと告発してみるかい?」

放心しているのか、衝撃に気を失ったのか反応はありません。教皇聖下は侍者を呼び寄せ、彼の身を起こさせました。

そして重々しく宣告します。

「ヨハンネス枢機卿をその任から解き、身柄を拘束する。またその蓄財に不法なところあればそれは教会の没収とし、落雷を受けた聖堂の改修費に回すものとしよう。代わりの枢機卿が選定されるまで、愚禿、ナマドリウスⅣ世がこの地に滞在してこの地の信仰が良きものになるよう努めさせていただこうか」

そう言ってこちらに片目を瞑ってみせました。

ふふ、ついでにわたくしたちとの商談をする気ですわね。

侍者だけでは連れ出せないため、聖騎士たちが数名がかりでヨハンネス枢機……ヨハンネス氏の身体を引き摺っていきます。

「どうかね、ヴァイナモⅢ世陛下」

再び冠を被り直し、教皇聖下が問いかけました。

「……まさかヨハンネス枢機卿がそのようなことを」

まあ、常套手段ですか。都合よく倒れた彼に責任を被せて逃がれようとする。ただ、逃れようも無いのですけど。

「ではまあ、異端の嫌疑も晴れたということで良いのかな？　ペルトラ夫妻は自由に魔石を創り、自由に売ることができると」

「それは……っ」

ペリクネン公から思わず言葉が漏れました。

陛下も続けます。

「教皇聖下の額を飾るほどの魔石を産める技術を国家で管理せず、野に置くということはあり得ないのではないでしょうか。それは我が国でなく、どの王もそう判断を下すかと」

教皇聖下がこちらを見、わたくしは頷きます。今の陛下の意見自体は当然のものでしょう。ただ、わたくしたちと王家の間には確執があることと、わたくしたちの技術や開発に正当な対価など払いようがないだけで。

「ペルトラ夫人ヴィルヘルミーナよ。改めて謝罪はし、叶えられる限りの褒美を与えよう。寛恕し、その技術を供与してはくれまいか」

わたくしもため息を吐きます。

「夫を異端の嫌疑で捕らえさせておいて、今更その言葉もないでしょう。わたくしたちは他国に逃れても良いのですわ」

「そもそも前の謁見の間にて、取り付く島もなかったではないか」

「それはあなた方誰もが保身に走っていたからでしょう」

跪いたままのエリアス殿下を扇で示します。

「誰がこういった態度を示しました？」

教皇聖下が口を挟まれました。

「それは良くないね」

「教皇聖下、先ほども言いましたが、内政に干渉するのはおやめください」

「改めて言うが、内政になど干渉はしないよ。ただ愚禿は、パトリカイネン王家のヴァイナモⅢ世陛下とエリアス王太子を破門すると宣言できるだけだ」

聖下は頷きます。

「そしてこう続けようか、王家の資質に難ありと認めた、とね」

教皇聖下、神の地上での代理人が有する伝家の宝刀です。

この周辺の国は皆同じ宗教を奉じていますからその権威は絶大。東方の帝国より向こうは独自の宗教ですが、それは教皇聖下の権威を認めていないわけではない。互いの宝や文物を定期的に交換し、交流が図られていますから。

　これを言われたら王としてではなく、国家として終わりです。

　つまり、自分で自分にわたくしたちの納得いくように引導を渡せと。さもなければこれを宣言するぞという強烈な脅しですわね。

　陛下が押し黙っていると、ぽつりと声が落ちました。

「陛下、もう取り繕うのは無理でございます」

　ずっと黙ってこの話を聞いておられた王妃殿下です。

「わたしと陛下は件（くだん）の婚約を破棄した事件の後、王位継承権を長男のエリアスではなく、次男のパーヴァリーに継がせるべきかと相談していたのです。ただ、エリアスとイーナ嬢は国民に人気があり、また支持する貴族の派閥が強かったこともあり、即断できませんでした」

　第二王子の擁立、それも第一王子が国民に人気が出てしまっているとなると国を乱すというのは確かにとても良く理解できます。

　わたくしは頷き、続きを促します。

「エリアスたちも最初は醜態を晒していました。ヴィルヘルミーナさんがいなくなって男爵家の令嬢であったイーナさんでは当然ですわ。それでも段々と改善され、陛下もわたしもこれならば大丈夫かと思っていたのです。それがあなたたちの犠牲の上に成り立っていることを忘れて。いや、見ないようにして」

そうですわね。貴族の令息、令嬢の友人たちからもエリアス殿下たちの悪評は減っていることを感じていました。

「本当に申し訳ないことをしたわ。そしてあなたたちの研究が成果を上げたらそれを取り込もうだなんて虫の良すぎる話というものよね。あなたたちにも心がある。ヴィルヘルミーナさんが貴族令嬢であればそれを命ずることができたとしても……」

「平民ゆえに身軽であるのは事実ですわ」

つまり、土地と民を有していませんから。屋敷などの不動産もあれど、別にそれくらい放棄してもすぐに稼げてしまいますしね。

「陛下に代わりて謝罪いたします。また、息子の分も、もちろんわたし個人としても、申し訳ございませんでした」

そう言って立ち上がり、額の宝冠を外すと深々と頭を下げられました。

王族としては禁じられている頭の下げ方です。ですが、せめてもの誠意を尽くそうという気は伝わるものでした。

「……謝罪を、受け入れますわ」

さて、陛下は自身に引導を渡すか、破門されて国ごと破滅するか。

ゆっくりと陛下は口を開かれました。

「ヴァイナモⅢ世としての最後の命である。ペリクネン公を奪爵（だっしゃく）し、残る生涯の蟄居（ちっきょ）を命ずる」

……どうやら前者を選ぶようです。

ペリクネン公が項垂れました。

「第一王子エリアスの王位継承権を剝奪、廃太子して、第二王子のパーヴァリーを王位継承権一位とする。そして我自身は年内に王位を退き譲位するものとする。宰相、汝が新王の職務についての仔細は補い、三年以内に退陣するように。年明けに我らとエリアスらは自害することとする」

まあ、自死を選ぶと言っているのです。王として厳しく裁定したと言えるでしょう。

王は冠を脱ぐと立ち上がり、椅子の上に冠を置きました。そして床に跪きます。

宰相閣下が「陛下！」と悲鳴のような声を上げ、控えていた近衛たちも騒めきました。

「もはや王ではなくなるのだ。先に頭を下げても構わんだろう」

そう言って手を床に突きます。

「アレクシ・ペルトラよ。愚息が犯した罪、騙し討ちのような結婚をさせ、勝手に住居を移動させ監視していたこと。親として謝罪する」

殿下もまたその場で叩頭しました。

「そしてそれを謝罪するでも補償するでもなく放置していたこと、研究所の腐敗に気付かなんだこと。汝が研究の成果を取り上げんとしたこと」

陛下は先ほどまでヨハンネス枢機卿が座っていた空白の席に視線をやります。

「ヨハンネス枢機卿に異端の嫌疑を告発したのも我である。誠に申し訳なかった」

レクシーは頷きます。

「謝罪を受け入れましょう」

そうして陛下はこちらを向きました。

「ヴィルヘルミーナ・ペルトラよ。愚息が犯した罪、親として謝罪する」

再び殿下もまたその場で叩頭します。

「そしてそれを謝罪するでも補償するでもなく放置していたこと、汝が名誉を傷つけ回復させなかったこと、汝の夫に無実の罪を着せて捕らえさせたこと。誠に申し訳なかった」

随分と丁寧に謝罪いただけました。一国の王が地面に手を突き平民に謝罪するなどあり得ぬことであり、その真摯さが伝わるものであります。

むろん、陛下の御心を見通せるわけではありませんし、この謝罪が聖下の脅しによるという側面はあるでしょう。ですが、その声色やそもそも聖下にするより前にわたくしたちに謝罪していることから、少なからず本心からの謝意を示してくれていることは明らかではあります。

ふむ。

ですが、わたくしの謝罪を受け入れようという意に反し、唇からその言葉が出てきません。

部屋に落ちる沈黙。

わたくしが無意識に扇を鳴らした音が、ぱちりと妙に大きく部屋に響きます。

はっとしたように陛下が続けました。

「汝がヴィルヘルミーナ・ペリクネンであった頃、エリアスの王太子妃として、その青春を学びと王家への忠誠、愚息が行うべき執務の補佐をさせながら何も報いてないこと、心より謝罪する」

……ああ、そうか。そうだったのですね。

わたくしは初めてこのことを言及されたように、わたくしの無為になった数年を謝罪いただけたように思います。心の奥底、枯れて固まった澱に水が届いたかのようです。

「謝罪を受け入れますわ」

言葉はすんなりと口から発せられました。

その後、陛下は教皇聖下にも謝罪を行いました。聖下は仰います。

「愚禿としてはヴァイナモⅢ世陛下、エリアス王太子殿下が身を引くと言っているのだ。王家の資質に言及することはないし、破門するというのも撤回しよう」

教皇聖下がこちらに視線をやります。

「愚禿としてはそれで問題ない。ペルトラ夫人、あなたの希望を言ってみなさい」

「よろしいので?」

「無理がなければ叶えよう」

わたくしは扇を頰に当て考えます。ふむ。

「ペリクネン公夫妻の蟄居は希望しますが、その子、ユルレミに罪はありません。奪爵ではなく降爵とし、彼に爵位を譲っていただければ」

陛下は頷きます。

正直、現状のペリクネン領では魔石の価格が落ちれば公爵としての税を払うのは厳しいでしょうから爵位を下げてもらった方が都合が良い。

「そして陛下、王太子殿下たちの減刑を求めます」

騒めきが起こりました。殿下が立ち上がります。

「ヴィルヘルミーナ！　余は、私は死を覚悟している！」

「エリアス殿下。天にまします神に審判を委ねるのは信徒としてありうべき姿かもしれません。ですがあえて言いましょう。死して償うは安易です」

神に対して不敬な言い方ではあります。ですが教皇聖下は穏やかに頷かれました。

「しかし、お前は私を恨んでいるのではないのか、復讐したいのではないのか！」

わたくしは鼻で笑います。

「いつわたくしが死ねと言いましたか。遥か古代の法に曰く、『目には目を（アン・アイ・フォー・アン・アイ）』。過度な復讐を求めはしません。かつて言いましたが、復讐するには甘すぎる、容赦するには苦すぎるのですわ。大体、本気で復讐したいなら殺しませんけどね」

「ふむ？」

教皇聖下が疑問の声を上げられました。

「本気で復讐するなら、エリアス殿下に自害できないよう誓約の魔術をかけてから、目の前でイーナ嬢を拷問しながら時間をかけて肉を削いで殺すくらいしますわよね？」

……あれっ、何かドン引きされている気配がしますわ！　よ、よくあることですわよね？

咳払いを一つして言葉を続けます。

「陛下と王妃殿下は譲位後、王城の離れに蟄居を。パーヴァリー新陛下を支え、国を良く導くよう助言してください。陰謀など変な気を起こさぬよう教会より監視をつけて頂けると幸いです」

「心得た、監視役は用意しよう」

「エリアス殿下は王家より籍を抜き、辺境の男爵家でも立ち上げてイーナ嬢と共に過ごしなさい。そこでわたくしが夫と幸せに過ごしているのを、指を咥えて見ていると良いですのよ」

ガタリと椅子の倒れる音、イーナ嬢が床に跪きました。

「そのような慈悲……よろしいのですか？」

慈悲かは怪しいですわね。死ねば王子として死ねますが、王籍を褫奪されればそうではありませんから名誉は失われますし。

「こんな王子を農地に連れて行っても何の役にも立ちませんわ。イーナ嬢はこの男に幻滅しながらも長い年月を共にせよと言っているのです」

「っ、ありがとうございます！」

彼女はそのまま床に手を突いて頭を下げました。

「相変わらず無様な礼だこと」

エリアス殿下もその横に跪きます。

「なぜ、なぜ私たちに斯様(かよう)な慈悲を」

色々と理由はあります。今後の政治的なもの、イーナ嬢との約束、そもそもわたくしは殺されようとはしていないこと、イーナ嬢を殺そうとした償い、かつてのわたくしの愛の不理解。

ですがそれらは言葉として紡がれることはなく、口から出たのはほんのひと言。

「気まぐれですわ」

レクシーの方を見ます。彼は優しげな笑みをこちらに向けていました。……何ですのよ。

「アレクシ？　何かございますか？　あなたこそこんなに窶れて、仕返しをする権利はありますのよ」

「いや、俺からは何もない。君の判断で充分だ」

「では気が変わる前に退散しますわ。わたくし、夫に食事をさせねば」

大切なことですわ！　こんなに窶れてしまいましたもの。

レクシーの手を引っ張り上げるように立たせ、車椅子に座らせます。

「それではみなさまご機嫌よう」

◆

ペルトラ夫妻は愚禿にちょいと頭を下げて部屋を後にした。

重苦しい雰囲気の部屋だが、僅かな安堵も感じられるか。

「さて愚禿はこやつの不正な蓄財を調べねばな。どうせ貯め込んでおるじゃろう」

ヨハンネス枢機卿の椅子を指し示す。エリアス殿下が言う。

「後ほど、私や派閥の者からの献金や贈与についての目録は提出いたします」

ふむ、と頷く。協力的なことだ。

エリアス殿下の婚約者は始めから覚悟が決まっていたように思う。エリアス殿下と王妃殿下はその表情、態度からも反省の色が強く見える。ヴァイナモⅢ世陛下は反省すれどまだ不満の色が強いか。

「先ほども申しましたが、愚禿はしばらくこの国に留まらせていただく」

陛下は頷く。

「汝らの謝罪と退位を以て、破門という大剣を振るわずに済んだ。そしてペルトラ夫人の温情により、汝らは命を繋いだ。だが、剣は鞘から抜かれていることをゆめゆめお忘れにならぬよう」

四名は一瞬ぎょっとした表情をしたものの、真剣な表情で頷いた。

ペリクネン公の唇が動く。声は聞こえぬ。だが……。

「『何が温情だ』かね？」

心も読めれば唇も読める。単純な男だ。公が顔を上げた。

「私はこれで破滅だ。温情も何もない」

「ふむ、自分がしたことを棚に上げて良く言うものであるな」

「あれは前妻に似て賢しらな女だった。ヴィルヘルミーナ、あれは鬼子だ」

実の娘をよくそう悪く言えたものだ。

そう言えばペルトラ夫人は最後、この元父に何も言及しなかったなと思う。あの場で無視することにより、昏く燻る悪意でこの男の身を焼き続けることこそが彼女の復讐であるのか。

愚禿は立ち上がるとその視線に憐憫（れんびん）を乗せて見下した。

侍者が近づき、皺だらけの愚禿の手を取った。

「では愚禿も失礼しようか。見送りは結構であるよ」

◆

カラカラと車椅子の車輪が回ります。

王城正面の大階段のところで、車椅子を降りてもらい、車椅子を城の兵士に預け、手を繋ぎながらゆっくりと階段を下りていきます。

レクシーがそっと耳打ちします。

「あれで良かったのかい？」

彼らへの処遇についてでしょう。

「先ほども言った通り、死は安易です。彼らにはわたくしとあなたが幸せに世界を、国を変えていく様を見てもらう方が罰になるでしょう。より苛烈な罰にするなら不具にするなり、夫婦や婚約者を引き離すなどもできますが……」

レクシーが笑います。

「実は以前、君の蔵書に『世界の拷問』というのを見つけたから、てっきりそういう提案をするのかと」

まあ、見られていましたのね。

「ふふ、実際そこまでする気にもなれなかったのです」

レクシーは足を止めます。階段の中ほどで少々休憩ですわね。

「なぜ?」

「簡単なことです。わたくしが、今、幸せだからですわ」

「そうか、幸せか」

幸せであるけれども全てを許すなどとんでもない。でも幸せであるからこそ、この国を亡国にしたり、彼らを残虐に殺したりする気にもならない。

彼らに甘くなる点があるとすればそこです。レクシーに会わせてくれたこと。

わたくしはレクシーの骨張った手を握ります。

「もちろんあなたが獄死していたり、拷問を受けて障害を負っていたら、いくらでも残虐に振る舞いましたわよ」

「そうか」

再び歩き始めます。

城門を出るとすぐ、馬車止めにはわたくしたちの家の馬車が待機していました。

「旦那様!」

「奥様!」

「良くぞご無事で!」

待機していた従者たちがわたくしたちの姿を認めるとわっと歓声を上げて駆け寄って来ました。

こうして馬車に揺られ、およそ半月ぶりに、屋敷には当主が帰還したのです。

屋敷が歓喜に沸いた翌朝。

わたくしは粥（ポリッジ）の入った皿に匙を差し込んで一掬いすると、それを口元に運び、ふーっと息を吹きかけてから差し出します。

「はい、あーん」

背中にたくさんのクッションを当ててベッドに座るレクシーへと。

彼の薄い唇が開かれ、そこに匙を運びます。彼の顎がもぐもぐと動き始めました。

わたくしは再び匙で粥を掬います。

「なあミーナ、別に俺は動けないわけじゃないんだから、君に食べさせてもらわなくても大丈夫なんだ」

息を吹きかけて。

「はい、レクシーあーん」

彼の唇が開かれ、細い顎がもぐもぐと動きます。

「だからミーナ」

小さく刻みペースト状にした肉を差し出しました。

諦めたように口が開かれ、もぐもぐと咀嚼されます。

「世話をされるのはお嫌ですか？」

「嫌ではないが……」

「それは良かったですわ。あーん」

もぐもぐ……。

「恥ずかしいんだよ」

視線が逸らされて周囲に。使用人たちが壁際で見ておりますからね。

「わたくしは恥ずかしくありませんわよ」

ふふん、元々貴族でしたもの。使用人に囲まれているのには慣れていますからね。

ヒルッカが笑みを浮かべながら近づいてきます。

「奥様はひっつき虫みたいですね」

わたくしは匙を机に置くと、レクシーの身体に手を回して抱きつきます。

「そうよ、わたくしはレクシーにくっついてくの」

教皇聖下が王都にいらした日から、王都は大きく変わりゆくことになります。

あれから一月ほど経ちました。教皇聖下がパトリカイネンの王都に滞在することと、ヨハンネス枢機卿の失脚、来年に陛下の退位とエリアス殿下の継承権放棄が布告され、パーヴァリー第二王子が王位継承権一位となり、王太子となりました。

やはりその前日の二度の雷は天罰であったとまことしやかに噂されたのです。

世の中は好景気に湧いています。大聖堂と王城の改築という大規模な公共事業があるのもそうですが、結局のところ魔石の流通量と価格が産業のボトルネックになっていましたからね。もちろん、わたくしたちの事業も順調です。

レクシーも大分体重と健康を取り戻してきました。

「レクシー」

「何だい？」

机を並べての仕事の時です。

「結婚式を挙げませんか？」

彼は羽根ペンを取り落としました。

「ほら、わたくしたち結婚の祝福がアレだったではないですか」

わたくしたちを祝福したヨハンネス枢機卿は横領などの罪で囚われている犯罪者であり、教皇聖下が改めて祝福しようと言ってくださっているのです。そのような事を説明するとレクシーは言いました。

「なるほど、ただ式と言っても俺は孤児だし、ミーナも親を呼ばないだろう？　そう派手にならないようなものなら良いのではないか？」

などと話していたのですが、翌日、レクシーは行方を眩ましたのです。

ご丁寧に家出するというような置き手紙を残して。

「なんでレクシーは逃げたのでしょうか」

わたくしの呟きにヒルッカがしたり顔で答えます。

「ああ、マリッジブルーというやつです」

「ほう」

なるほど、結婚前の不安感。ふむふむ。

「それとあれですね。結婚式をしようという話を奥様から切り出されて気まずいのですよ、きっと。何と言うか、男の甲斐性を見せられなかったって言うか」

なるほど。殿方の心とは難しいものですわね。ヒルッカが問います。

「どうなさいますか？」

「彼が真に逃げる気なら追いませんし追えないでしょう」

彼は真の天才ですからね。

「そうでないなら……」

数日後の夕刻のことです。場所は王都でも有数のホテル、オウナスバーラ。ここのシングルルームにレクシーが泊まっているのを突き止めています。

彼の価値観ならもっと安宿に泊まっているかもと思いましたが、ここの一番安い部屋であれば一般の平民でもちょっと奮発すれば泊まることのできる料金です。今の彼にとってはどうということはないもの。

そしてわたくしが控えているのはオウナスバーラ・ホテルのスイートルーム。一泊で平民の年収が飛ぶような部屋にいます。

遠くの入り口で声が聞こえてきました。

「申し訳ありません、ペルトラ氏。風呂場への配管の故障、御迷惑をお掛けしました」

「とんでもない。それで代わりにこんな良い部屋を用意してくれるだなんて」

ホテルのポーターの声、それに答えるレクシーの声。

「いえいえ、こちらこそ。今後ともオウナスバーラをよろしくお願いいたします。それでは失礼いたします」

まあ、風呂場を故障させたのはわたくしなんですけどね！

「ああ、ありがとう」

広い寝室に入ってきたレクシーと視線が合います。彼は手にしていた鞄を取り落としました。

「どうしてここが！」

わたくしは笑みを浮かべます。

「わたくしがレクシーの居場所を掴めぬとお思いですか？」

「探知術式で捉えられぬよう、魔石は外したのに！」

「ふふ、レクシーにつけた魔石が一つだけと思ったのが敗因ですわ」

逃げるならせめて服も靴も財布も全て変えた上でなくては。それにいまだに王都にいるのですもの。追ってほしいと言っているようなものでしょう？

わたくしはその場でくるりと一回転して見せます。

「それより、ご感想は？」

今日のわたくしが着ているのは純白のドレス。そう、結婚式のためにこっそり用意したものです。

「……とても、きれいだ。ミーナ」

「ふふ、ありがとうございます」

わたくしはきゅっと彼に抱きつきます。

「……どうして逃げたのですか?」

少しの沈黙。頭上からゆっくりと声が落ちてきます。

「俺はミーナを愛している。ミーナが俺を愛してくれているのも分かっているんだ」

「ええ、勿論ですわ」

「ただ、いざ俺が君の隣に立てるかと思ったら、自信が無くなった」

わたくしは両腕でレクシーの首に手を回し、唇を奪います。

「ではレクシーに自信をつけてもらうしかありませんわね」

「な、何を」

「決まっているでしょう」

わたくしはレクシーの足を引っ掛けながら引き倒し、二人重なるようにベッドの上に転がりました。

わたくしは彼の上に跨がります。

「いや待て、順番が出鱈目だ。まだ式の前だぞ」

「いいえ、もう結婚してからずっとずっと経っていますわ」

わたくしは再び彼の唇を奪い、純白のドレスに手を掛けました。


翌朝。

レクシーが宿の朝食を前に祈りを捧げます。

「主よ、あなたの慈しみに感謝いたします。ここに用意されたる今日の糧（かて）を祝福し、私たちの命を支える糧としてくださいますように。今日の糧を用意してくれた者に幸ありますように。そうあれかし」

「そうあれかし」

わたくしも唱和し、朝食を口にしました。

食後のコーヒーを喫している時、彼に尋ねます。

「どうですか？　男としての自信がつきましたか？」

わたくしの言葉に彼はげほごほと咽せます。口元をナプキンで拭い、ちょっと恨めしそうな顔をこちらに向けた後で頷くとボーイを呼びます。

真紅の薔薇の花束が用意されました。

「本当は今日これを持って帰るつもりだったんだが」

彼は立ち上がってわたくしの横に跪き、花束を差し出しました。

まあっ……。茶色の瞳が真っ直ぐに力強くこちらを見つめています。

「一生、あなたを、ヴィルヘルミーナを愛し、共にいることを誓います」

「わたくしもですわ。アレクシを愛し、共に在ることを誓います」

二人で声を合わせました。

「死が二人を別つまで」

その年の秋、王太子の位がエリアス殿下からパーヴァリー殿下へと移る式典が執り行われました。民には明かされませんでしたが、そこでエリアス殿下の王籍が剝奪されて男爵位が与えられ、イーナ嬢との結婚も密やかに行われました。

翌年の春、二人は辺境へと旅立ちます。

その夏、ヴァイナモⅢ世陛下は譲位し、パーヴァリー新陛下が即位されました。

その年の晩秋にはわたくしのもとに一袋の麦と粗末な小さい人参の束、綿に刺繡のされたハンカチを王国の兵が届けてくれました。

王城にも同じものが届き、離宮の前王夫妻は涙したと言います。

さらに翌年には大聖堂の改修が終わり、その際に教皇聖下の口から救貧院でA&V社のミーナ二十三号を使用しての魔石作製事業について公表されます。

その頃には各国でも魔石の作製が始まっていましたが、わたくしたちの会社は既に世界でも最高の利益を上げ、押しも押されもせぬ企業へと成長していました。

ナマドリウスⅣ世聖下は秋に教皇領に戻られ、その冬のことでした。元ペリクネン公によるA&V社のペリクネン侯爵領支店襲撃事件が起こったのは。

支店の視察に向かっていたレクシーとユルレミ侯爵が襲われます。元父はわたくしたちが魔石をほぼ専売していることに不満を持つ他家の貴族や商家を集めて、凶行に及んだとのこと。

まあ、残念なことにこれはあの断罪の日より予想通りなのです。

襲撃への備えはなされており、被害はごく僅かで撃退し捕縛。ユルレミ・ペリクネン侯により即座にその場で父であった人の処刑がなされました。

後妻とその子、マルヤーナはユルレミの預かりとなりました。後妻は幽閉され、マルヤーナは領地の学校に通うようになったと聞いています。

なぜわたくしがその場にいなかったかですか？

臨月だったのです。

レクシーが王都に戻ってすぐにわたくしは産気付き、子供を産みました。

レクシーの黒い髪にわたくしの翠の瞳をした女の子でした。

わたくしとレクシーはその長女を筆頭に、二人の男の子と末の女の子、四人の子たちに囲まれて賑やかに、そして幸せな生涯を過ごしたのです。

そして長い長い年月が経った。

教皇庁が正式に聖人と認定する中に、共に殉教した場合を除いて夫婦の聖人はほとんどいない。

だが夫婦の聖人は誰が思い浮かぶかと問われれば、誰もが聖ペルトラ夫妻の名を挙げるだろう。

フラスコを象徴に持つ技術者と発明の守護聖人、聖アレクシ・ペルトラ。

魔石の首飾りを象徴に持つ商業と救貧院の守護聖人、聖ヴィルヘルミーナ・ペルトラ。

そして愛と家庭を守護するという聖ペルトラ夫妻。


彼らの魔素結晶化技術は、彼らの死後に世界中で王制を打倒する嚆矢となったとも、戦争で多くの者の命を奪うことに繋がったとも言われる。

だがパトリカイネン王国もその次の王朝も滅び、王のいない国が興るほどの時が流れても。

彼らの発明品は使われ続けてそれを遥かに上回る人々の命を救い、暮らしを向上させた。

また、彼らの物語は人々に愛され続けたのだった。

Disowned Lady Vilhelmiina Will Be Happy Someday.
The End.

結婚式

「ふふん、わたくしは美しいわ」

わたくしが鏡台に映る自分を見ながらそう言えば、侍女たちみながうんうんと頷き、きゃあきゃあと歓声を上げます。

以前レクシーが逃げ出した時、オウナスバーラ・ホテルに着ていったウェディング・ドレスは実のところ完成品ではなかったのです。

というか、教皇聖下が祝ってくださるとなると式の格が上がりすぎて、あのドレスでは足りないというか。

デザインは踏襲しつつも裾やヴェールが長くなり、全体の刺繡や飾りが増えています。例えばヴェールの長さは倍になり、研磨された極小の魔石が無数に散らされ、わたくしが動くたびに光の反射に煌めいているとかね。

「素敵ですヴィルヘルミーナ様！」

「これなら旦那様もいちころですね！」

「ふふ、そうね」

ヒルッカが目頭を押さえながら言います。

「きっと、お母様も喜ばれているでしょう」

「そう……、そうね」

わたくしは首飾り（ネックレス）を撫でながら答えました。それは少し古風な意匠のものですが、金鎖に大粒のサファイアの逸品。実の母の遺品です。

ユルレミがペリクネン侯爵を授爵した後、母の遺品の大半がこちらに送られてきたのです。そう、この鏡台も、この首飾りもですわ。

「きっと嬉しくて泣いてしまっているわね」

今日はわたくしの結婚式です。まあ、正直なところ今更と言えば今更ではありますが、やはり心が浮き立つものがありますわ。

部屋を出ると、服飾を担当していなかった使用人たちが廊下の壁際で列をなし、わたくしに拍手を送ります。

「おめでとうございます」

センニが代表してわたくしに声をかけました。

「ありがとう」

男性使用人の多く、タルヴォたちはレクシーについているはずだから姿が見えないわね。エントランスホールに向かえば、そこに立つのはわたくしに似た白金の髪の紳士。彼は翡翠の瞳を見開いて驚きを顔に浮かべました。

「綺麗だ、姉さん」

「ユルレミ侯爵、今日はよろしくね」

彼の背も随分と伸びました。わたくしも見上げなくてはならなくなっています。礼服をビシッと着こなしていることもあってもう立派な若当主に見えます。

わたくしにはもう法律上の親族はいません。ですが聖堂までのエスコートをユルレミが行うと、かってでてくれたのです。

彼の右腕にそっと純白の手袋に包まれた手を置き外へ。

玄関には今日のために新調された紅の揃いのコートに身を包む従僕（フットマン）たちが並びます。

彼らのうち数名は白馬に跨がり馬車の先導を。

四頭立ての馬車は船底型の美しい曲線を描く黒い車体に黄金の縁取り、御者（コーチマン）が馬車の前に座り、従僕が二人馬車の後ろに立ちました。

そしてわたくしはユルレミに手を取られ、馬車へと乗り込みます。

「では行きますよ、奥様」

御者から声が掛けられ、鞭の音が一つ。馬車が動き出します。まずは先導の馬が、次いで馬車が玄関を出たとき、爆発的な歓声が耳を打ちました。

壁に隠れていて見えませんでしたが、玄関の外には無数の人々が沿道に列をなし、わたくしが現れるのを待っていたのです。

「なんとまあ。わたくし、ただの平民なのですけど」

はっ、とユルレミが皮肉げに笑います。

「大聖堂の改築後最初の公開を式場にし、枢機卿ですらなく教皇聖下を司式とする『ただの』平民なんているわけないでしょう」

むう。確かにそうなんですけども。ユルレミが続けます。

「今の好景気が誰のおかげか、貧民に施しをなしていたのが誰か、みなもう分かっているということですよ。それより姉さん。歓声に応えてあげてはどうですか」

わたくしが窓の外に向けて手を振れば、歓声はさらに大きくなったのです。

馬車はゆっくりとメインストリートを進み、王都の中心部へ。パレードではないのですが、道が貸切りのようになっていて、わたくしたちの乗る馬車と、その先導と両脇を護衛する騎馬以外には誰もいません。そして沿道は鈴なりの人だかりです。

沿道の奥には屋台なども出ていて、新年のお祭りのような様相。そう言えば当家から振る舞い酒も出しているのでした。

「ちょっと前までは世紀の恋を邪魔する大悪党でしたのよ」

「今は世紀の恋の主人公ですね」

評価が変わるのなんて一瞬ですわね。

大聖堂の前に馬車が止まります。

聖堂の玄関からこちらに向けて真紅の絨毯が真っ直ぐに伸びています。従僕が馬車に階段を取り付けました。

わたくしはユルレミに手を取られながら階段を下り、絨毯の上に立ちます。白と桃色を重ねた可愛らしいドレスを着た少女たちが、わたくしの前にやってきてちょこんと淑女の礼をとりました。

思わず笑みが浮かびます。

彼女たちは使用人の成人前の妹たち、その半分はわたくしの背後にまわり、ドレスの長い裾（トレーン）や後頭部に流れるヴェールを手にしました。精緻な花の刺繍の施されたヴェールの長さはわたくしの身長の三倍ほどもあります。

一人の少女が花束（ブーケ）をわたくしに差し出します。

「ヴィルヘルミーナさま、ごけっこん、おめでとうございます」

大輪のカサブランカ、その純白の合間に葉の緑とブルースターの淡い水色が覗くそれは滝（カスケード）のように、花が溢れるように流れ落ちています。

「きれいね、ありがとう」

わたくしがそれを左手で抱えるように受け取ると、少女たちは左手に小さな籠を持ち、花びらを撒きながらゆっくりと大聖堂の玄関へと向かって歩き始めました。

ユルレミにエスコートされてしずしずと彼女たちの後を追います。

正面、聖堂の玄関が重々しく開かれ、そこから純白の燕尾服の殿方が現れました。

「レクシー……！」

黒髪は綺麗に撫でつけられ、茶色の瞳が真っ直ぐにこちらに向けられています。窶れていた頃の雰囲気はもう全くありません。すらりと細身の紳士がそこにいました。

彼の着ている服のフロントダーツのラインに沿って金糸で刺繍がなされています。刺繍は肩の中央を通ってアームホールから肘、袖口へと抜けて全身に金の蔦を纏っているよう。

クラヴァットはわたくしの被るヴェールのような、純白のレースのネッカチーフ。飾りボタンは、全てがカットされた魔石を使用したもので、陽光に煌めいています。

「ミーナ、綺麗だ」

「まあ、素敵な旦那様だわ」

わたくしたちが微笑み合えば、ユルレミは真面目な顔を崩さずに言います。

「仲の良さそうなことで結構ですね」

ユルレミはわたくしの手首のあたりを持ち上げ、わたくしの手をアレクシの掌の上に置きました。

わっ、と歓声が大きくなります。

「それでは。姉さんをよろしくお願いしますよ、義兄上」

「ああ、幸せにする」

「もうしていますよ」

ユルレミはそう言って聖堂の回廊へと立ち去りました。横手を回って席へと向かうのでしょう。

わたくしとレクシーは、ゆっくりと絨毯の上を歩き、開け放たれた大聖堂の玄関をくぐりました。

祭壇へと向かう身廊(しんろう)の床は黒白の石が格子模様(チェック)になっていて、その中央を真っ直ぐ絨毯が伸びていきます。

そしてそれ以外のところは全て礼服を着た紳士淑女で埋め尽くされていました。

「すごい……人だな……」

レクシーの喉が唾を飲み込んで動きます。気圧されたように言葉が漏れました。

「ちなみに今日の参列者だけで二千人を数えるそうですわ」

こっそりそう伝えます。

それに加えて教会関係者やその護衛を考えればそれに倍するとか。

例えば今、荘厳なパイプオルガンの音色に合わせて、高く清らかな声で神を讃える讃美歌を歌う少年たちなど。

「そんなに知り合いいないんだが」

思わずふっと笑ってしまいます。ヴェールの下で見えないと良いのですが。

「わたくしもです」

まあ、多くの貴族家に招待状を出しているのに加え、A&V社の所属は全員参列していますから平民や使用人たちも参列しているんですよね。

あ、今ちょうど彼らの前を通りましたわ。既に号泣している家令のタルヴォを見ると、なぜか逆にこちらは落ち着くような気もします。

オリヴェル氏はこちらではなく、レクシーの親族扱いとして参加して下さっています。レクシーのご両親は彼が幼い頃に亡くなっていますので、そこに誰もいないのもというオリヴェル氏の心づかいですわ。

わたくしたちの遥か頭上、聖堂の中央の巨大な丸天井(クーポラ)には神話の一節が描かれていますが、その窓からは天使の梯子のように光が降り注いでいました。

その光の向こうの祭壇には赤の衣の枢機卿猊下と青の衣の教皇聖下がおわします。

わたくしたちが彼らの前に立つと、わたくしの横にそっと純白のドレスの女性が近づいてきました。ミルカ・サーラスティ伯爵令嬢です。

本日、結婚式の付添人であるブライズメイドはわたくしの使用人たちが務めています。ですがそれを纏めるメイドオブオナーには、格式からして未婚の友人の中で最も地位の高かった彼女が務めてくださることとなったのです。

「こここ、こちらに花束を」

ふふ、ミルカ様ったら緊張でガチガチですわね。

わたくしは彼女に花束と手袋を渡しました。

そしてパイプオルガンが最後の一音を長く伸ばして止まります。

ヨハンネス前枢機卿は更迭され、新たに選出された枢機卿猊下が祭壇に立ち、聖句を引用しつつ祝福の言葉を下さいます。

次いでナマドリウスⅣ世聖下がわたくしたちの前に立ち、笑みを浮かべられました。

わたくしたちの足元に祈禱台が置かれます。小さなソファーのようなそれにわたくしたちは膝を突くと、聖下がゆっくりと口を開かれます。

「経典には何度も、何度も。汝の友を、親を、子を、隣人を、敵を、夫を、妻を赦し、愛すよう記されています。それは何故か。それが難しいことであるからに他なりません」

聖下の声が低く、穏やかに、ですがはっきりと聖堂の隅々まで響いていきます。

「しかし彼ら二人は大いなる障害を超えて夫婦となっていること、二人の愛の力強さを愚禿も、ここに参列する全ての方々も存じています」

思わず少し俯いてしまいます。

わたくしとアレクシのお話が王都の劇場で演じられていますからね！

問題は使用人たちから『ミーナ様語録』なるものの一部が明らかに流出していると見られることです。

追及したら全員が目を逸らしやがりましたけど。

さておき、そんなことを考えている間にも祝福の言葉は進みます。『死が二人を別つまで』の誓いも終え、指輪の交換へ。聖下がわたくしたちの指輪の上で聖印を結び祝福して下さるのですが、その回数が五回と直系王族の結婚式でする数を行ってくださり、会場がどよめく一幕もありました。

「……ありがとうございます。でもやり過ぎですわよ」

聖下がわたくしの指輪をレクシーに渡すとき、そっと囁きました。

「ひょひょ、汝たちの運命は強いのでな。これくらい祝福を重ねておかんとの」

そういうものでしょうか。

わたくしとレクシーは向き合い、レクシーが緊張した硬い表情でわたくしの左手を持ち上げ、シンプルな金の指輪を薬指に通します。わたくしもレクシーの左手の薬指に同じ意匠のそれを嵌めました。

わたくしたちは左手を重ね、聖下はその手を布で包んでから持ち上げ、さらに祝福の祈りをくださいました。

「それでは、誓いの口付けを」

聖下がそう仰ると、レクシーはこっそりズボンで手汗を拭いました。もう、緊張しすぎですわ。

彼の手がゆっくりとわたくしの顔の前を覆うヴェールを持ち上げていきます。わたくしは今日初めて、レクシーの瞳を真っ直ぐ見上げました。彼の茶色の瞳にわたくしの姿が映っています。それはヴェールが頭上の宝冠へと掛かったところ、彼の手が不自然に止まりました。

「………………」

レクシーは呆然とした表情で、唇を動かします。

声は聞こえませんでしたが、唇は『きれいだ』と、そう動いていました。ふふん、そうでしょうそうでしょう。

お化粧はもちろん普段からしていますが、平民のものから逸脱しない範囲でしていましたからね。今日のために何日もかけて磨き上げられ、完璧な化粧を施されているのですから。

こほん、とかすかな咳払いが一つ。

ナマドリウスⅣ世聖下のものです。レクシーが再び動き始めました。

彼の顔がわたくしに近づいてきます。わたくしは目を閉じ、彼を待ちます。

彼の唇がわたくしのそれに重なり……すぐ離れました。

……ちょっと！　短くありませんこと！　今一秒の半分もありませんでしたわよ！

目を開け、レクシーに非難する意図で視線を送ります。

レクシーもしまった、粗相したな、という表情をされていました。

ほら、聖堂の中もちょっと『え、もう終わり？』みたいな雰囲気じゃないですか、どうしますのよこれ！

「ひょひょ」

聖下が思わずといった様子で笑いをこぼされました。

きっ、とそちらに視線をやれば、素知らぬ顔をなされます。

わたくしは一歩前へ。

「もう……、しまらないんですから」

「ご、ごめん」

彼の胸元でそっと呟けば、頭上から小声で返事が返ります。

ふふん。

わたくしはおもむろに彼の頬を両手で挟みました。

「……ミーナ？」

わたくしはレクシーの頭を下げさせ、背伸びをして唇をがっつりと貪ります。

レクシーの瞳が大きく見開かれました。

視界の隅でミルカ様の頬が真っ赤になったあたりで、わたくしは唇を離しました。
まあ、こういう関係も、わたくしたちらしくて良いのではないでしょうかね！

あとがき

結川カズノさんからラフ画キター!!（四月十九日）
ミーナが美しい……！（感涙）
これはもう勝利を確信するラフですよ。素人目に見てもラフの段階で完成したイラストの素晴らしさが分かるってものですわ。
なんて素晴らしいイラストなんだ！
さすが結川さんやで！
こいつはテンションアゲアゲだぜ！

さて、上巻のあとがきぶり。ただのぎょーです。もし万が一上巻を読まずにこちらを読んでいる方がいらっしゃいましたら、この『追放された公爵令嬢、ヴィルヘルミーナが幸せになるまで。』は上下巻の作品ですので、上巻からお読みくださいね。
『ヴィルヘルミーナ』のご高覧ありがとうございます。

さて、上巻のあとがきでは、十万字くらいの作品が書きたくて『ヴィルヘルミーナ』の執筆を始めたと記していますが、この話は上下巻です。

なろうの連載でも二十一万字ありますし、書籍版は二十五万字を超えています。どうしてこうなってしまったのか。

執筆前にざっくりとしたプロットは書いていたのですよ。問題はそこに無い要素が書いている間にたっぷり入ってくるだけで。

具体的に言うとプロット段階でオリヴェルもナマドリウスⅣ世もいなかったのです。

それとエリアス、イーナ、枢機卿、公爵あたりのヘイト（読者の憎しみ）を稼ぐ役どころのキャラクターをどう処断するかは、書いていて話の流れを見ながら考えているところがあるのですね。

特に初期プロットでは国王はヘイト役ではなかったというのもありますし。

つまり後半にいくほどプロットなど役に立たなくなるっていう。

でも、その自分の書いていての感覚であるとか、読者の反応などを見ながらリアルタイムで話の流れが構築され変更されていく。このライブ感のようなものは、ＷＥＢ小説書きとしては大事だなと感じているところでもあります。

もちろん、執筆スタイルは人それぞれではあるのですけどね。

執筆とは孤独な作業ですが、私の場合は更新するごとに感想をくださる読者さんがいたり、下読みしてコメントをくれる友人がいたりするのがとても幸せなことだと思っています。

あ、そうそう。その下読みをしてくれる友人の一人、豆田麦さんの新作がちょうど来月、七月にアース・スターールナから発売されますね。

『給食のおばちゃん異世界を行く』です。

なんか一巻の本だいぶ厚くなるらしいですよ。面白いですし読み応えあります。ぜひどうぞ!!

とまあ、他人の作品の宣伝してないで自分の告知をしろという話ですね。

上巻では『ヴィルヘルミーナ』のコミカライズについてお知らせさせていただきました。

それとは別件ですが現在、私が『小説家になろう』様で連載しております、中華後宮小説『朱太后秘録～お前を愛することはないと皇帝に宣言された妃が溺愛されるまで』という作品があるのですが。

なんと。

なんと……！

なんと…………！

書籍化が決定しております!!

出版は同じアース・スターール ルナ様。そしてイラストレーターは『おの秋人』様です！
そして発売時期もすぐ、八月の出版となっております！　はやい！

よろしくお願いいたします！

最後になりましたが、この作品の制作に関わってくださいました皆さんに感謝を。
美麗なイラストを描いて下さっている結川カズノさん。
担当編集のTさん。次の『朱太后秘録』でもよろしくお願いいたします。
今後コミカライズを担当していただくまだ見ぬ漫画家さん、コミカライズ担当編集のUさんには
これからよろしくお願いいたします。
校正さんはじめ出版に携わる皆様、二巻分の作業ありがとうございました。次の『朱太后秘録』
ではルビ地獄にお付き合いください。

下読みをしてくれている友人達。小説家になろうの友人や読者の方々。貴方たちの応援のおかげでこの物語が本として形になっています。ありがとうございます。

そしてこの本をお手にとってくださいました貴方に最大の感謝を。

ただのぎょー

EARTH STAR
LUNA

王族相手に保護者面談!?

木刀で生徒にタイマン指導!?

最強の新人女教師が
魔術学院のしがらみを
ぶち壊す!?

メイドなら当然です。
万能メイドさんの
異世界紀行!!
濡れ衣を着せられた万能メイドさんは旅に出ることにしました
三上康明
Illustration
キンタ

異世界ガール・ミーツ・メイドストーリー!

地味で小柄なメイドのニナは、
ある日「主人が大切にしていた壺を割った」という冤罪により、
お屋敷を放逐されてしまう。
行き場を失ったニナは、
お屋敷の中しか知らなかった生活から心機一転、
初めての旅に出ることに。

初めてお屋敷以外の世界を知ったニナは、
旅先で「不運な」少女たちと出会うことになる。

異常な魔力量を誇るのに魔法が上手く扱えない、
魔導士のエミリ。
すばらしく頭がいいのになぜか実験が成功しない、
発明家のアストリッド。
食事が合わずにお腹を空かせて全然力が出ない、
月狼族のティエン。

彼女たちは、万能メイド、ニナとの出会いにより
本来の才能が開花し……。

1巻の特設ページこちら

コミカライズ絶賛連載中!

追放された公爵令嬢、ヴィルヘルミーナが幸せになるまで。下

発行 ―――――――― 2023年6月1日　初版第1刷発行

著者 ―――――――― ただのぎょー

イラストレーター ―――― 結川カズノ

装丁デザイン ―――――― 村田慧太朗（VOLARE inc.）

発行者 ――――――― 幕内和博

編集 ―――――――― 筒井さやか

発行所 ――――――― 株式会社アース・スター エンターテイメント
〒141-0021　東京都品川区上大崎 3-1-1
目黒セントラルスクエア　7F
TEL ：03-5561-7630
FAX：03-5561-7632
https://www.es-luna.jp

印刷・製本 ――――― 中央精版印刷株式会社

ISBN 978-4-8030-1796-0